DAS MÃOS DO
IMPERADOR

Marinho Piacentini

DAS MÃOS DO
IMPERADOR

2019

Copyright © 2019 de Marinho Piacentini
Todos os direitos desta edição reservados à Editora Labrador.

Coordenação editorial
Erika Nakahata

Projeto gráfico, diagramação e capa
Felipe Rosa

Revisão
Daniela Georgeto

Imagem de capa
A grande Biblioteca de Alexandria. Gravura de O. von Corven. © Learning History.

Dados Internacionais de Catalogação na Publicação (CIP)
Angélica Ilacqua – CRB-8/7057

Piacentini, Marinho
 Das mãos do imperador / Marinho Piacentini. – São Paulo : Labrador, 2019.
 144 p.

ISBN 978-85-87740-98-4

1. Ficção brasileira 2. Ficção histórica 3. Niceia, Concílio de, 325 - Ficção I. Título

19-1371   CDD B869.3

Índice para catálogo sistemático:
1. Ficção brasileira

Editora Labrador
Diretor editorial: Daniel Pinsky
Rua Dr. José Elias, 520 – Alto da Lapa
05083-030 – São Paulo – SP
+55 (11) 3641-7446
contato@editoralabrador.com.br
www.editoralabrador.com.br
facebook.com/editoralabrador
instagram.com/editoralabrador

A reprodução de qualquer parte desta obra é ilegal e configura uma apropriação indevida dos direitos intelectuais e patrimoniais do autor.

A Editora não é responsável pelo conteúdo deste livro.
O Autor conhece os fatos narrados, pelos quais é responsável, assim como se responsabiliza pelos juízos emitidos.

Personagens

Árius de Alexandria – sacerdote e teólogo
Constantino – imperador romano
Atanásio – diácono egípcio
Fausta – esposa de Constantino
Bispo Alexandre, de Alexandria
Bispo Ósius, de Córdoba
Bispo Marcus, da Calábria
Presbíteros Vito e Vicente – emissários do Papa Silvestre I
Marcelus – discípulo de Árius
Kostólias – amante da imperatriz Fausta
Cássio – pajem particular do Imperador
Estefanos – pajem-mor do palácio de Niceia
Galeno – médico do Imperador

Nota do autor

Das Mãos do Imperador retrata eventos ocorridos durante o Concílio de Niceia no ano de 325 d.C. na Ásia Menor. Trazidos à ficção, os personagens que revivem esta história realmente existiram e participaram dos eventos aqui descritos.

Embora o Concílio tenha acontecido muitos séculos atrás, há farta documentação sobre os principais fatos e seus personagens. Uma boa fonte para o estudo desse período histórico é apresentada pela obra de Edward Gibbon, um historiador representativo do iluminismo inglês do século XVIII, ainda hoje lida e traduzida para várias línguas: *A história do declínio e queda do Império Romano*.

Há outras obras a respeito do Concílio de Niceia, mas o historiador que goza de grande credibilidade, fonte desse período histórico para os demais autores, é o próprio contemporâneo do evento, Eusébio de Cesareia, com sua obra *Vida de Constantino*.

Dedico esta obra a Márcia Lígia Guidin

Sumário

1. A chegada 11
2. Abertura do Concílio 18
3. Confessionário 25
4. Primeira assembleia 31
5. Ahoma 39
6. Padrão Hórus 44
7. Masmorra 56
8. Ele, o Mestre 64
9. Contestações 68
10. O Papa 74
11. Na água fervente 78
12. Festa do Verão 83
13. Diálogo 87
14. Matrimônios 91
15. Apocalipse 95
16. Expulsão do Paraíso 100
17. Épico da Criação 105
18. Credo 114
19. Incêndio 118
20. Punição 121
21. Conclusões 126
22. Apêndice do autor 135

1. *A chegada*

A primavera ainda pintava de cores vibrantes os campos da Ásia Menor, os primeiros ventos quentes prenunciavam um verão intenso. Caminhos tortuosos viam passar sobre seu leito numerosas caravanas a almejar Niceia, cidade vizinha de Constantinopla. Transportavam mais de trezentos bispos, seus pajens e escravos, cavalos e camelos... uma multidão em movimento. Vinham compartilhar do primeiro Concílio Ecumênico da Igreja Cristã a convite do imperador romano Constantino.

De longe se avistavam os quatro bastiões do imponente palácio imperial de Niceia, a despontar acima da cidade que abrigaria o Concílio. Projetadas com precisão, suas torres marcavam os quatro cantos do mundo, os pontos cardeais. Aos olhos fatigados dos que de viagem chegavam, marcas de civilização – os primeiros jardins ladeando o leito pedregoso da estrada. Na praça central, uma generosa fonte de água fresca matava a sede dos viajantes num gesto de boas-vindas.

Árius, sacerdote de uma influente comunidade cristã de Alexandria, Egito, chegara dias antes. Acompanhado por um discípulo, o jovem Marcelus, hospedava-se no palácio como convidado de honra. Seria personagem determinante na desenvoltura do Concílio, pois era líder de um movimento contestador de crendices e dogmas que se intitulou "arianismo", em decorrência de seu nome.

Naquela tarde, quando o calor abrandou, Árius e Marcelus foram se adestrar no pátio interno do palácio com manobras de luta corporal, sob os olhares curiosos dos guardas palacianos.

Praça de Niceia

Curiosos, porque não estavam acostumados a ver um homem de idade tão avançada realizar tal façanha, e também porque, entre um e outro exercício de luta, a dupla realizava técnicas orientais de respiração, coisa nunca antes ali vista.

Árius nasceu na antiga Líbia, mas vivia perto da famosa biblioteca da cidade de Alexandria, a maior do Império. Diz-se que continha mais de meio milhão de "volumes", de livros inscritos em diversos materiais (argila, pedra, papiro, pergaminho). Era onde ele satisfazia sua ânsia de conhecimento e se deleitava com obras clássicas gregas e romanas, além de acadianas, persas e egípcias.

Ao falar e escrever, Árius demonstrava grande desenvoltura e um nível cultural bem acima de seus pares. Era também conhecedor de práticas de respiração esotéricas orientais que tendiam a clarear o cérebro – vivera na Índia durante alguns anos como discípulo de um mestre jainista. Por essas outras capacidades pessoais que se manifestariam no transcorrer do Concílio, também era distinguido como Mestre Árius.

O Mestre exercitava-se com esmero, sabia que precisaria dispor de toda a sua pujança física nos próximos dias. Desconhecia, porém, que o resultado daquele evento, do qual seria um dos protagonistas, mudaria a história da humanidade.

De repente, durante as exercitações de luta, Árius interrompeu seus movimentos. Além dos guardas palacianos, pressentiu outra presença a chamar sua atenção. Ergueu a cabeça e avistou o jovem Atanásio no alto do bastião norte, a observar os movimentos no pátio, lá embaixo, com uma visível e incômoda inveja.

Atanásio seria outro personagem não menos importante nos debates do Concílio. Seu corpo era frágil por falta de movimentação física, pálido por carência de sol, pois passava o dia lendo

Biblioteca de Alexandria

ou rezando. Orgulhava-se de seu conhecimento das Escrituras Sagradas. Embora fosse um ferrenho opositor das teses de Árius, sentia-se atraído por ele de um modo que não conseguia, ou não ousava, entender. O homem podia ser seu avô...

Satisfeitos, Árius e Marcelus terminaram os exercícios e foram se refrescar nos banhos públicos. Tais banhos, ao estilo otomano, eram os espaços mais democráticos do Império. Ali se juntavam nobres, senadores e plebeus, eram abertos ao público. Ricos e pobres se misturavam nus, e por isso não se distinguiam classes, prestígio ou títulos. Ali acontecia a maior parte dos encontros entre os homens da cidade, mas naqueles dias as termas locais tinham sido restritas aos bispos e seus pajens, que chegavam para o Concílio.

Depois de dias de empoeirada viagem, ao desembarcarem em Niceia, corriam todos para os banhos turcos. O lugar, próximo aos muros do palácio, de repente viu-se abarrotado de homens gordos, que não evitavam exibir os protuberantes abdomens, o que, para eles, era sinal de prosperidade. Em contraste, seus pajens, elegidos com esmero, eram esbeltos, e desfilavam pra lá e pra cá, atendendo aos seus senhores.

De vez em quando, serviçais jogavam água fria sobre pedras em brasa e queimavam alucinógenos, um antigo costume. O vapor dali proveniente criava uma atmosfera úmida, misteriosa e inebriante, onde os corpos apareciam e sumiam na densidade vaporosa que encobria detalhes do que ali sucedia. O historiador grego Heródoto, em 450 a.C., escreveu que a cannabis sativa, planta da maconha, era queimada em banhos públicos. Assim ele descreveu: "O banho de vapor dava um gozo tão intenso que arrancava dos homens gritos de alegria".

Surgindo em meio ao vapor, Marcelus aproximou-se para transmitir um recado ao seu Mestre:

– Com licença, Mestre, o Bispo Marcus da Calábria deseja falar contigo, se possível. Ele pede que faças a gentileza de ir até lá, pois suas pernas estão inchadas da viagem e sofre para andar. Está lá, do outro lado da piscina.

O Bispo Marcus padecia para se locomover não somente pelo esgotamento da viagem, mas também pelo excesso de peso. Era um homem enorme. Com olhar de admiração, ele media os rijos músculos de Árius que, nu, se aproximava, contornando a grande piscina. Apesar de seus 69 anos, o Mestre mantinha uma figura atlética. Trocaram os cumprimentos de costume e brindaram o encontro com taças de vinho servidas pelos pajens.

– Prazer em rever-te tão saudável, prezado Árius. Espero que estejas pronto a defender tuas crenças durante o Concílio, as tais "heresias arianas", como nossos adversários se referem às tuas teses. Heresias... – desdenhou o bispo de um modo a deixar claro seu desrespeito por opositores.

– Espero estar bem afiado, Marcus. Tem algo especial que tu desejas noticiar-me?

– Primeiramente, quero assegurar-te de que poderás contar comigo, porém, sinto avisar-te que começamos em desvantagem.

– E por quê?

– No Império, existem mais de dois mil bispos de variados pendores, que dirigem, a seu modo, grupos de religiosos os quais se intitulam cristãos. No entanto, para este Concílio só foram convocados pouco mais de trezentos.

– Não achas o bastante para representar os demais?

– Seria o bastante se os trezentos representassem a maioria dos dois mil, mas não. Meus espiões me garantiram que a maior parte desses bispos proveio do Oriente, onde pregam apenas os quatro evangelhos, aqueles repletos de fantasias, justamente o oposto de nossas convicções.

Depois de algum tempo em silêncio, absorvendo a informação, Árius retomou:

– Teus espiões sabem se o Imperador também é contrário às nossas teses?

— Constantino não é nada transparente, não é possível prever seus atos, mas pelos bispos que convidou... Sabemos que para ele é importante manter a unidade de seu Império, apaziguar as diferentes facções da política. Ele considera que logrará tal feito através da unificação das correntes cristãs. Creio que a inclinação dele será de "agradar gregos e troianos".

— Sinto discordar, prezado Marcus. Penso que o Imperador tentará impor suas próprias ideias...

Um peixe esculpido em pedra jorrava água pela boca sobre a piscina e fez Árius interromper o que dizia, pois se lembrou de um fato que achou mais relevante comentar:

— Espero que Constantino manifeste as melhores qualidades de seu signo, o amor e a compaixão pelos mais necessitados. Ele nasceu sob o signo de Peixes.

— E as más qualidades desse signo? Ilusão, enganos, fantasias...

— Tens razão, Marcus. Certamente ele arquitetará muitas fantasias para sancioná-las durante o Concílio.

— Já ia me esquecendo, caro Árius, tenho outra notícia importante: o Bispo Alexandre será um dos comandantes das assembleias e trouxe seu pupilo Atanásio, que é quem pensa por ele, como bem sabemos. Aquele rapaz será nosso principal adversário. Para equilibrar as coisas e não dizerem que o Imperador manipulou o Concílio, ele nomeou também o Bispo Ósius, nosso aliado, para dirigir as assembleias ao lado do Bispo Alexandre.

— Eu vi o diácono Atanásio ainda hoje no alto do bastião norte... Sei que não será simples duelar com ele. De qualquer forma, agradeço a menção. É bom saber que mais uma vez pugnaremos lado a lado em defesa de nossas convicções. Até breve, amigo Marcus.

No interior das termas, todos se espiavam, manipulações eram tramadas, cochichos de orelha em orelha carregavam o ar de vibrações pesadas. Árius era uma dessas pessoas que funcionam como esponja, absorvia o ambiente por onde quer que passasse. Por isso, não suportava permanecer em público por muito tempo. Retirou-se das termas e ultrapassou os portões do palácio por veredas vazias de gente. Não queria ser reconhecido em sua caminhada fora dos muros, aspirava ficar só. Sua mente laborava melhor quando se punha em movimento, e, ao caminhar, avaliava as chances que teria de fazer suas teses convencerem a maioria dos bispos, sobretudo o Imperador.

Noite alta. Um grito fatal vindo dos porões ecoou pelos corredores, rompeu os sonhos dos adormecidos e causou uma grande agitação nos corredores do palácio, que logo se acalmou ao descobrirem que o morto, apunhalado pelas costas, era apenas um escravo.

– Mau agouro! – sentenciou alguém.

2. Abertura do Concílio

Bizâncio, a famosa cidade construída pelos gregos na Antiguidade, era ruínas. O visionário imperador Constantino percebera que ali era um ponto estratégico dos melhores, pois se encravava exatamente na fronteira entre dois continentes, a Europa e a Ásia, por onde caravanas de mercadores, viajantes e exércitos transpunham de um lado ao outro. Além disso, beirava as margens do estreito de Bósforo, de onde poderia controlar a travessia do Mar Mediterrâneo ao Mar Negro. Por tantas benesses, o Imperador ordenou que se reconstruíssem os edifícios sobre seus alicerces. Em homenagem a ele próprio, a cidade passou a ser chamada de Constantinopla – cidade de Constantino –, onde ele instalou o novo centro do Império Romano.

Localização de Constantinopla e Niceia

Ao ser informado de que quase todos os convidados já haviam chegado a Niceia, o Imperador partiu de Constantinopla. À sua chegada, encenou-se uma entrada dramática, com trombetas e tambores, estandartes e brasões, todos se curvando à Sua Majestade nas portas do palácio. Seu biógrafo oficial, Eusébio de Cesareia, descreveu assim a entrada do Imperador: "Resplandecente em púrpura e ouro, Constantino fez uma entrada cerimonial na abertura do Concílio. Passou pelo meio da assembleia, como um mensageiro celestial de Deus, com vestes que brilhavam como raios de luz, refletindo o brilho radiante de um manto de púrpura, e adornado com o esplendor brilhante de ouro e pedras preciosas".

Naquela data teria início o pretensioso encontro ecumênico. Era o dia 20 de maio de 325 d.C.

Ao cair da tarde, a estrutura central do palácio estava repleta. Bispos e padres, túnicas coloridas, adornados de sobrecapas e enormes crucifixos, pleiteavam um velado concurso de beleza – o religioso mais bem vestido lançaria nova moda religiosa e impressionaria o Imperador. Sobrancelhas moldadas com maquiagem, cabelos pintados e perucas, costumes adotados dos romanos desde que os cristãos deixaram de ser acossados e se tornaram benquistos aos olhos do Império.

Um tilintar de sinos foi o sinal para os pajens se ausentarem do recinto. O Imperador fazia sua entrada, precedido por dois escravos que conduziam galgos brancos. Bem domados, os cães postaram-se lado a lado do trono, simulando imagens de faraós egípcios. Constantino sentou-se com elegância, a cabeça sempre acima dos demais, era um homem alto. Esperou que todos se aquietassem para fazer um breve discurso:

– Como todos já sabem, exatamente há sete anos recebi uma visão miraculosa, uma epifania. No céu, revelou-se a mim uma enorme cruz luminosa que me puxava para si. Entendi a mensagem divina, me converti. Ainda cheguei à conclusão de que deveria proclamar o cristianismo como religião oficial do Império Romano, e assim o fiz, terminando de vez com a perseguição aos cristãos.

Aplausos efusivos interromperam o discurso.

– Desde então – prosseguiu o Imperador –, milhares de seitas ditas cristãs proliferaram, cada qual com sua predileção por alguns dos mais de trezentos evangelhos existentes. Parece que nos tempos de Jesus era moda escrever evangelhos sobre a vinda de um Messias que traria a salvação ao povo – fez uma pausa, sem conseguir reter um sorriso hipócrita.

A plateia, sequiosa de agradar ao soberano, gargalhou. Os galgos uivaram como se estivessem ensaiados.

– Queridos bispos e padres – continuou ele –, vós sois a prova viva do que eu digo, cada qual prega seu evangelho preferido.

Houve, então, um burburinho de risos abafados. Os bispos sentiam-se agraciados pelo fato de o Imperador tê-los chamado

Epifania de Constantino

de "queridos". Como autêntico político, Constantino sabia bajular, quando preciso, sobretudo naqueles tempos em que o Império Romano passava por uma enorme crise financeira e política. Sem manter as rédeas na condução do Império, a corrupção dentro de seu governo e os gastos com luxo esgotaram os recursos para manter seu exército. Quando os soldados não recebiam o soldo, abandonavam suas obrigações militares. Para completar o drama, os povos germânicos, tratados como bárbaros, estavam forçando a penetração pelas fronteiras do norte.

Constantino, ao convocar aquele Concílio, supunha eliminar os conflitos entre as distintas correntes de pensamento cristão. Agora, diante da assembleia, mostrava-se muito tratável, pois dependia daqueles bispos para realizar seu intento. Seguiu:

– Convoquei este Concílio para unificar todos os credos cristãos, compor uma Bíblia comum aos inúmeros enclaves religiosos e determinar a época anual da Páscoa em data diferenciada da páscoa judaica. Também carecemos estruturar a Igreja Católica e sua hierarquia. Minha mãe, Helena, de origem grega, como bem sabem, gosta de me relatar histórias da democracia de seu povo, e deu-me a ideia de realizar algo semelhante neste Concílio. Então decidi que cada alínea será decidida por sufrágio, cada bispo terá direito a um voto. Reservo-me o direito ao "voto de Minerva".

Novos aplausos. O Imperador fez uma pausa para tomar um gole de vinho que um pajem, sempre ao lado, lhe oferecia. O diácono Atanásio aproveitou para se introduzir no evento e marcar presença:

– Desculpe minha ousadia, Majestade. Não seria melhor deixar de lado o nome da deusa Minerva num evento cristão? Muitos entre nós ainda invocam essa deusa, mas creio que isso deve ser evitado se quisermos fortalecer o cristianismo.

– Tens razão, Atanásio, atento como sempre, um autêntico guardião da cristandade – disse o Imperador, e voltando-se para a plateia: – Este jovem, creio que quase todos já o conhecem, é pupilo do Bispo Alexandre, mas, às vezes, até seu mestre.

Risos exagerados. O Bispo Alexandre tentou esconder o incômodo que a brincadeira lhe causava, mas não resistiu e baixou a cabeça.

– Voltando ao que eu dizia, este jovem de apenas 30 anos, Atanásio, é reconhecido, nos dias de hoje, como o mais profundo estudioso das Escrituras Sagradas.

Aplausos, vivas...

O diácono Atanásio, encabulado, em vão tentou esconder um sorriso de regozijo.

– Finalmente – retomou o Imperador –, não participarei de corpo presente de todo o processo, não quero constranger vossas opiniões com meus comentos, mas em espírito estarei acompanhando a desenvoltura dos debates e só comparecerei em pessoa a algumas assembleias.

Após pigarrear, inflou o peito e elevou o tom da voz:

– Tenho a honra de declarar aberto o Primeiro Concílio Ecumênico da Igreja Cristã.

Em seguida, Constantino convidou todos para uma ceia de confraternização no salão do palácio. Antes de empreender o que poderia ter sido uma pomposa saída, uma fila se formou, muitos queriam beijar-lhe a mão.

No entanto, o ambiente pleno de sorrisos desmontou-se de um modo abrupto, quando um gato desavisado apareceu no recinto. Sem vacilar, os galgos ouriçaram os pelos, livraram-se dos domadores e partiram para o ataque. Latindo vorazmente, ignoraram a massa de bispos no caminho entre eles e o gato. Derrubaram alguns, levantaram as saias de outros...

Divertindo-se com a grande balbúrdia e o pavor dos convidados diante dos dentes afiados que os galgos exibiam, Constantino escapou do beija-mão e esgueirou-se para fora do recinto, carregado por seus guardas.

Luta Olímpica

Era festa de celebração da abertura do Concílio. Os músicos e bailarinos da companhia imperial sempre acompanhavam Constantino em suas viagens ao redor do vasto Império. A noite em Niceia ficou animada; os cantores, porém, mesmo forçando a garganta, não conseguiam fazer-se ouvir. Tampouco o som das cítaras, harpas e tambores superava o alto vozerio do bispado, a soltar suas bravatas entre goles de vinho na festa fomentada pelo Imperador.

E pensar que há poucos anos a maioria dos bispos era asceta. Desde que foram integrados ao Império, incorporaram rapidamente os hábitos romanos. Aqueles que antes negavam os prazeres da carne, aos poucos iam se entregando aos desejos advindos dela, vinho e sexo. Na festa, os convidados dispunham de vomitórios, umas bacias onde regurgitavam o que acabavam de engolir, um costume romano para abrir espaço no estômago e comer mais. Aos serviçais restava suportar o cheiro azedo de vômito que pairava no ar.

A sobremesa que se ofertou aos bispos naquela noite foi a apresentação de uma dupla de atletas em luta grega, nus, como mandavam as regras olímpicas. Alguns bispos se retiraram melindrados, entre eles Atanásio. Outros se entregaram ao prazer de apreciar com cobiça dois corpos tão atléticos.

O efeito gradual do vinho, gole após gole, desmontava nos bispos a máscara puritana, expondo pequenas e grandes taras, abrindo as portas da libido. A partir de certo momento, as tochas que iluminavam o ambiente deixaram de ser alimentadas de óleo e se apagaram. Na escuridão, a promiscuidade, considerada saudável entre os romanos, se estendeu até a aurora.

A comemoração da abertura do Concílio, muitas vezes recontada via oral entre os clérigos, ficou conhecida como "A noitada de prazeres de Niceia".

3. Confessionário

Durante a festança, Constantino enfatuou-se de carne de codorniz, tâmaras e romãs, regadas a vinho grego. Vomitou várias vezes para voltar a comer. De madrugada, acordou todos com seus berros. Correria no palácio. Galeno, seu médico particular, nunca distante mais de cem metros, entrou às pressas na alcova imperial e encontrou o Imperador sentado no leito com uma expressão extenuada, olheiras arroxeadas.

– Que houve, Majestade, o que vos apoquenta?

– Minha boca arde como se lançasse larvas vulcânicas – dramatizou o Imperador.

– Estive a admirar Vossa Majestade durante a ceia e observei que vos excedestes um pouco, mas não há nada com que vos preocupar. O mal-estar foi consequência do excesso de comida, sem falar dos dois cântaros de vinho que ingeristes. Além do mais, as carnes de codorniz estavam ácidas demais. Vou preparar uma poção à base de boldo que irá dissipar a ardência de vosso estômago.

– Não entendo por que sou acometido por tantos pesadelos!

– De pesadelos, nada sei, Majestade. Ouvi dizer que o Mestre Árius é capaz de decifrá-los. Por sorte, ele está entre nós, aqui no palácio. Mando convocá-lo? – sugeriu o médico.

– Não é imperativo. Falo com ele amanhã cedo.

Constantino ingeriu a poção de ervas e logrou dormir, mas pela manhã, quando os primeiros raios da alvorada atingiram seu leito, acordou preocupado, pois as sombras de um pesadelo ainda inquietavam sua mente como se sonhasse acordado. Mandou chamar Árius. Enquanto esperava, arrependeu-se de havê-lo feito. Ouvira dizer que Árius podia ler a expressão facial das pessoas e saber o que elas estavam pensando ou escondendo. Não teria coragem de encará-lo, não conseguiria mentir, se fosse necessário... Então criou um ardil. Ordenou a seu pajem de alcova que baixasse os véus do dossel ao redor de seu leito, o mosquiteiro, de tal forma que, oculto pelo tecido, o mestre não visse seu rosto enquanto conversavam.

Árius vestiu-se às pressas e se encaminhou para a alcova do soberano. Cássio, o pajem íntimo e de máxima confiança do Imperador, abriu-lhe a porta da alcova, e, conforme o uso, se manteve em guarda pelo lado de dentro, sem que o Imperador percebesse sua presença, fato corriqueiro, pois imperadores mal notavam a existência de escravos.

– Por que demoraste tanto, Árius?

– Estas roupas são demoradas de vestir, Majestade. Primeiro preciso...

– Não me interessa saber como te vestes. Não vês que estou padecendo? Sofro de pesadelos horríveis.

Era estranho e inusitado o ato de conversar com alguém através de um véu, a não ser que a pessoa tivesse um mal contagioso. Constantino, deitado em seu leito encoberto, por isso evitava olhar para Árius, temendo que ele ainda conseguisse ler seus pensamentos. Ainda assim, o sacerdote decidiu manter o diálogo, afinal, quem mandara chamá-lo e agora se encontrava diante de si era um imperador.

– Que tipo de pesadelo aflige Vossa Majestade? Podeis contar-me?

– É sempre o mesmo, com poucas variações. A morte me circunda. Crispo, meu primogênito, e Minervina, sua mãe, juntamente com o irmão dela e meu sobrinho Caio, rodeiam-me com facas nas mãos, espetando minha barriga, então sinto uma queimação. Para agravar, Maximiano, o falecido pai da Imperatriz Fausta, minha atual esposa, fica gargalhando na minha face, como se eu fosse um palhaço...

– Mas essas pessoas já morreram, não é? – afirmando mais do que perguntando, Árius sentou-se ao lado do leito para ouvir.

– Mestre Árius, por que, mesmo durante o dia, voltam fragmentos do pesadelo da noite para fustigar-me? – indagou Constantino, baixando a voz para um grau menos prepotente, chamando o sacerdote de mestre pela primeira vez.

– É como o Sol e as estrelas. Quando ele aparece, ofusca o brilho delas, que desaparecem de nossa vista. Mas, na verdade, elas continuam lá durante todo o dia, e voltam a se mostrar quando o Sol se põe. Do mesmo modo, os sonhos continuam durante todo o dia, mas são ofuscados pela consciência quando estamos despertos. Quando, durante o dia, pensamos ou nos lembramos de algo relacionado ao sonho, ele aparece como uma faísca rápida e logo some, mas pode deixar um lastro de mal-estar. Muitas vezes os sonhos influenciam as ações que realizamos durante o dia. Mas todo pesadelo tem uma causa, Majestade.

– Mestre Árius, o que vou dizer-vos é um segredo que deve ficar apenas entre nós e os deuses.

– Os deuses?

– Quero dizer, Deus. Ainda me confundo com as crenças antigas.

– Eu também, Imperador. Às vezes, pelo vício, agradeço a Mitra sem querer – completou Árius apenas por delicadeza, para não constranger o Imperador, já que não venerava deus nenhum.

– E eu rogo ao Sol Invictus, deus dos guerreiros, quem nos protege nos combates. Mas temos de nos cuidar para não cometer tais deslizes, perderíamos o crédito, como ontem bem alertou-nos o jovem Atanásio na abertura do Concílio. Agora exijo que jures não revelar a ninguém o que vou te contar.

– Podeis confiar no meu silêncio, Majestade.

— Ótimo! Venho tendo esse pesadelo recorrente com essas cinco pessoas que já morreram...

— Como se fôsseis culpado pela morte delas? — atreveu-se Árius, a completar a frase do Imperador.

— Como adivinhaste isso?

— Se elas vos atacam, talvez seja porque fizestes algo que as molestou quando vivas. Algo que guardastes só para vós. Falar disso pode aliviar a pressão dentro de vossa cabeça.

O Imperador ficou pensativo por algum tempo, decidindo se podia confiar naquele homem. O que tinha a confessar era grave, temia que seu conteúdo se espalhasse entre o povo, o que macularia seu prestígio. Mas queria livrar-se dos pesadelos, e talvez Árius pudesse ajudá-lo. Então, decidiu abrir o jogo, e, erguendo o véu da cama, levantou-se. Caminhou pela alcova, pensativo, e chegou até a janela por onde o Sol da manhã penetrava, o que cegou momentaneamente sua visão, jogando-o de volta ao drama interior — os pesadelos. Começou a revelar:

Imperador Constantino

— Tal pesadelo vem se repetindo desde que fiz a convocação para este Concílio.

— O que pode significar que estais vivendo um conflito entre o significado deste Concílio e fatos de sua vida pregressa — concluiu Árius.

— Eu mandei matar os quatro — disse Constantino de supetão.

– Os quatro? E Maximiano?
– Esse eu não matei, apenas o obriguei a cometer suicídio.

Árius não demonstrou nenhuma surpresa ou condenação, mas esperou que as palavras do Imperador dominassem o espaço por alguns segundos para aumentar-lhes a gravidade.

– Está clara a fonte de vossos pesadelos. Podeis revelar-me o que motivou tais gestos, os assassinatos?
– Minha primeira esposa, Minervina, deu-me um filho, Crispo. Descobri que ele não era filho meu, mas do seu irmão, com quem ela havia me traído. Matei os três. Caio, meu sobrinho, soube que fui responsável pelos assassinatos. Veio acusar-me. Eu não podia deixar que ele me afrontasse...
– E o pai da imperatriz Fausta, Maximiano?
– Apenas razões políticas. Atrapalhava minha ascensão ao poder.

Árius continuou mantendo a expressão neutra, sem expressar julgamento. Aproximou-se da janela para sentir o Sol iluminar sua face antes de continuar.

– Sabemos que matar pessoas sempre foi prerrogativa de imperadores, porém, depois que Vossa Majestade escolhestes o cristianismo como religião oficial do Império Romano, isso também precisa mudar. Os cristãos adotaram a Torá judaica com os Dez Mandamentos de Moisés. Um dos mandamentos proíbe assassinatos. Se pretendeis ser distinguido como o chefe da Igreja que estamos edificando, esses assassinatos devem ficar bem ocultos; ou, então, deveis mandar retirar tal mandamento da Bíblia.
– Pelos deuses! Radical como sempre, hein, Mestre Árius?
– Um imperador pode quase tudo.
– Não. Eu não teria coragem de mexer nas consagradas Tábuas dos Dez Mandamentos.
– Acho interessante considerar essa possibilidade, mesmo que seja apenas como um adestramento mental. Nos tempos de Javé – o deus judeu do Velho Testamento –, matar era um ato

rotineiro, cometido inclusive por ele mesmo, quando aniquilava dezenas de povos, todos filhos seus. Afinal, como muitos pensam, Ele é o pai da humanidade, não é? É como se o mandamento não se aplicasse à sua pessoa.

– Não sabia que pudesses considerar pensamentos tão malvados, Mestre Árius.

– Não tenho medo de pensar, Majestade, sobre o que quer que seja. Refletir sobre o oposto do que se acredita prepara a pessoa para se colocar no lugar do oponente, compreendê-lo melhor e obter vantagem, quando necessário.

– Nunca havia pensado nisso. É uma sugestão interessante.

Constantino relaxou a expressão facial ao longo da conversa e Árius, sempre atento, percebeu.

– Fizestes bem, Majestade, de me contar vossos pecados. Estou seguro de que aliviastes vossos pensamentos. Confessar é uma forma de se responsabilizar por um ato indesejável que se cometeu. Confessar é também uma forma de arrependimento, uma autoterapia.

– Estás certo, Árius, já sinto algum alívio, principalmente por não haveres condenado meus atos.

– Quem sou eu para perdoar ou condenar alguém?

– Esquece-te do que me ouviu dizer, senão...

Enquanto Cássio, o pajem, abria a porta da alcova imperial para que saísse, Árius teve um pressentimento inquietante: teria o serviçal ouvido a confissão do Imperador?

4. Primeira assembleia

Não seria aquela a primeira vez que o Mestre Árius e o jovem Atanásio se defrontariam. Em inúmeros ensejos os dois já haviam pelejado publicamente. Ambos coabitavam a mesma cidade, Alexandria, capital cultural do mundo civilizado, cuja famosa biblioteca era visita obrigatória para quem quisesse ampliar seus conhecimentos ou pesquisar algum assunto oculto do povo.

Árius vivera ali a maior parte de sua vida, e também Atanásio, este sempre apadrinhado pelo Bispo Alexandre, que lhe outorgara o título de diácono quando cumpria apenas 23 anos de idade.

Os debates durante o Concílio polarizaram entre os dois. De um lado, Atanásio, defensor das Escrituras que julgava sagradas, nunca havia estudado filosofia como os demais sacerdotes, pois preferia adquirir sabedoria diretamente da Bíblia – na versão que pregava a existência da Santíssima Trindade. Durante o Concílio, mostrou-se um orador eloquente e persuasivo, com amplo talento para contendas. De outro lado, Árius, que rejeitava a divindade de Jesus e pleiteava que os ensinamentos atribuídos ao Cristo eram mais importantes que sua biografia.

No entanto, a sabedoria do Mestre, acumulada ao longo de muitos anos, não era suficiente para derrotar o fanatismo e o vigor juvenil de seu mais veemente opositor, cuja eloquência fervorosa ganhava muitos adeptos.

No Concílio, pela regra então vigente, somente os bispos poderiam discursar, mas, apesar de não estarem à altura da hierarquia desejável, a esses dois contendores foi dada pelo Imperador a permissão de participarem ativamente, pois corporificavam as faces opostas do principal dilema a ser solucionado durante o evento.

Apenas uns poucos apareceram no salão do palácio na tarde marcada para o início dos debates. O Concílio, que poderia ter chegado a bom termo em poucos dias, acabaria se estendendo por mais de dois meses. Os bispos tiveram muito tempo para aprofundar o entendimento dos diferentes temas, mas não o fizeram.

Os dias corriam, e os sacerdotes estavam mais interessados em seus empoderamentos do que nas decisões religiosas. Afinal, a Igreja Católica que então se materializava assumia a governança do Império ao lado de Constantino. Os bispos disputavam os melhores cargos, os de maior prestígio.

Arrastou-se por mais de uma semana a organização dos grupos de debates e o acordo sobre horários de trabalho.

Para o comércio local, o Concílio foi uma dádiva. As raparigas da cidade mal davam conta de tamanha clientela.

Primeira assembleia.

O Bispo Ósius da Calábria e o Bispo Alexandre de Alexandria, também antagonistas, foram designados pelo próprio Constantino para presidir as sessões. Ósius abriu os trabalhos informando:

– Como bem disse nosso Imperador, existem mais de trezentos evangelhos contando histórias de "messias" judeus, mas apenas trinta parecem falar especificamente do mesmo líder chamado Jesus. Os judeus tinham uma boa safra de mestres religiosos, e este nome, Jesus, era bastante vulgar na Judeia, de tal forma que não sabemos com certeza se os diferentes escritos tratam da mesma pessoa. Os relatos são muito desencontrados. Nosso Imperador espera que sejam resolvidas tais incongruências. Senhores, a História está em nossas mãos.

Sorrisos de júbilo, afinal seriam eles os venturosos que definiriam o ingresso em uma nova fase da humanidade.

O Bispo Ósius prosseguiu:

– Para que nossa religião tenha um forte poder de persuasão aos corações e mentes das pessoas do povo, precisamos retirar as mentiras constantes em alguns evangelhos para que a biografia de Jesus seja mais verossimilhante e persuasiva do que a que circula em muitas escrituras.

– A história de Jesus já é persuasiva – gritou um.

Ósius continuou sua explanação sem importar-se com a interferência da plateia.

– Recriar a história de Jesus é apenas uma das partes da nossa missão. Teremos de construir a Igreja Católica. Sabemos que, até hoje, não temos templos apropriados aos nossos encontros, os cristãos se reúnem em suas casas ou em basílicas para ouvir os evangelhos e as cartas dos apóstolos, sem regras, nem rituais definidos...

Naquela primeira tarde de sessões do Concílio, os bispos ainda não haviam se adaptado à situação; sentados sobre almofadas, sem ter onde recostar, deixavam escapar um queixume que melindrava o silêncio do salão. Mesmo assim, Ósius prosseguiu:

– Precisamos criar uma organização abrangente, com estrutura sólida, hierarquia, cânones, rituais e templos. Proponho que passemos à apresentação de ideias e sugestões.

Para distanciar o cristianismo da religião judaica, Constantino havia determinado que o primeiro tema a ser tratado devesse ser a data da Páscoa cristã. Tal assunto não produziu debates, nem polêmicas. A primeira proposta, previamente sugerida pelo Imperador, foi logo aceita por todos. Sem algum fundamento místico ou histórico, ficou estabelecido que o evento devesse ser comemorado anualmente no primeiro domingo após a primeira lua cheia da primavera.

Em seguida, o Bispo Alexandre pediu a palavra e, vigorosamente, defendeu a intentada de compor o Novo Testamento com quatro evangelhos apenas, atribuídos aos discípulos: Mateus,

Marcos, Lucas e João, como já eram manuseados em algumas comunidades, especialmente no Oriente.

Burburinho. Uns a favor, outros contra, como já era o esperado. Desde o início, percebia-se que no Concílio havia, pelo menos, duas grandes facções.

– Por que lançar mão de apenas quatro evangelhos se concordamos em analisar, no mínimo, os trinta? – questionou um.

– E por que não criarmos apenas um evangelho contando a história de Jesus? – sugeriu outro.

– Quatro textos contando a mesma história dão mais credibilidade.

– Mas por que quatro e não sete ou nove, que são números mais místicos?

O Bispo Alexandre resguardou-se durante um tempo para encontrar a melhor explicação que justificasse sua resposta. Por fim, inventou algo que se tornou motivo de chacota durante muito tempo.

Afresco do século XVI representando o Primeiro Concílio de Niceia

– Observando a construção deste palácio – explicou –, percebi que os bastiões marcam com exatidão os pontos cardeais que dividem nosso mundo. Foi nisso que me inspirei: para a difusão completa dos ensinamentos de Cristo, os quatro evangelhos deverão ser levados a todos os povos nos quatro cantos da Terra.

Sem conseguir manter-se calado, Árius estreou a primeira de uma longa série de contestações que faria no decorrer do Concílio:

– Sem querer ofender-te, Reverendíssimo Alexandre, considero esse argumento assaz infantil, mesmo porque o número de evangelhos não importa, mas sim o conteúdo deles. Inspirado nos pontos cardeais? Parece-me ridículo!

Torres de palácio romano

– Queres manter os trinta evangelhos, Excelência? Já pensaste na enorme carga que alguém teria de carregar para levar os pergaminhos desses evangelhos até os povos mais distantes? – rebateu Atanásio, entrando na conversa em defesa do Bispo Alexandre, seu patrono.

– Em primeiro lugar, não é essa a questão, Dom Atanásio – replicou Árius. – Não concordamos quantos seriam os evangelhos, mas sim que estudaríamos todos eles para compor uma história a mais verdadeira possível. Não creio que a escalação dos quatro testamentos tenha sido inspirada pelos bastiões deste palácio. Com o perdão da palavra, Bispo Alexandre, não consegues achar uma resposta plausível, justificar a permanência apenas dos quatro evangelhos, porque a ideia não é tua, mas sim de teu protegido Atanásio, de quem és um porta-voz.

Longo burburinho. Por fim, Atanásio fez-se ouvir:

– Se bem entendi, Mestre Árius, que muito respeito, pões em dúvida as intenções de minhas ideias. Poderias explicar por quê?

– Escolheste esses quatro evangelhos porque são os que tratam Jesus como Deus na Terra.

– E não era?

Então Árius subiu o tom da voz, provocador:

– Sabemos que esses quatro evangelhos já vêm sendo usados pelas comunidades que gostam de acreditar em fantasias. Mas, se estamos num evento ecumênico, devemos adotar uma postura aberta. Ecumenismo é a busca da unidade.

– Separando, porém, o joio do trigo – contrapôs Atanásio.

– Sei que desejas ignorar alguns evangelhos que são da máxima importância – retomou Árius – exatamente porque questionam muitas alegações inseridas nesses quatro que escolheste. Por exemplo, os evangelhos de Tiago e Tomé indicam natureza humana em Jesus. Outros dizem, claramente, que Madalena era uma grande líder entre os apóstolos, e não uma prostituta. Alguns evangelhos afirmam que Deus é composto de dois princípios, o feminino e o masculino. Assim...

– Heresias! – gritou um, seguido pelo apoio de outros, interrompendo o discurso do Mestre. A gritaria incentivou alguns bispos adeptos do arianismo a dizerem o que lhes passava pela mente, e foram se expressando aos brados:

– O Jesus bíblico nunca existiu! É uma cópia de outros mestres.

– Aquela história de pomba branca descendo sobre ele é uma fábula infantil...
– Blasfêmia!
– O evangelho de Madalena diz que ela e Jesus se beijavam na boca constantemente. Diz até que tiveram filhos...

Tal afirmação ia muito além do que a maioria dos bispos podia suportar – estabeleceu-se o caos, todos falavam ao mesmo tempo. O Bispo Ósius decidiu fazer um intervalo, uma vez que os ânimos se exaltaram a ponto de ninguém conseguir ouvir quem se pronunciava. Mas estava lançada a questão básica que dividiria as opiniões até o fim do Concílio: Seria Jesus o Deus encarnado ou apenas um mestre espiritual?

Aproveitando o intervalo, os bispos resolveram esticar as pernas e circular pelo salão, cujas paredes, forradas com tapetes persas de grande beleza, prenderam a atenção de muitos por um bom tempo. Outros se reuniam em pequenos grupos, repudiando a sugestão de Jesus ter deixado filhos. Não foi fácil esperar que todos se aquietassem para retomar as discussões.

Quando os ânimos se apaziguaram, no retorno da assembleia, o Bispo Alexandre reiniciou os debates propondo que a história de Jesus cumprisse profecias do Velho Testamento, o que lhe daria mais credibilidade como sendo ele o Messias que os antigos profetas proclamaram. Assim, algumas passagens de sua vida, do nascimento à morte, deveriam ratificar determinadas profecias...

– O Messias esperado pelos judeus não era por eles considerado divino – informou o Bispo Marcus, reaquecendo o debate.

Mas Alexandre o ignorou, mantendo-se na mesma linha de raciocínio.

– Por exemplo: "Eis que a Virgem conceberá e dará à luz um filho" – citou Alexandre uma profecia do Velho Testamento.

– Ter nascido de uma virgem é muito importante, prova de sua divindade – agregou Atanásio.

– Bem sabemos que nenhuma virgem pode ter filho. Vamos começar a História mentindo? – contestou Árius.

– Nada é impossível para Deus – retrucou Atanásio.

– Então vamos aceitar uma cópia da vida do deus Mitra, que também nasceu de uma virgem – constatou alguém.

– O deus Mitra ainda é adorado por muito romanos. A semelhança trará crédito – admitiu outro.

– Se afirmarmos que Jesus nasceu de uma virgem, estaremos dizendo que ele também é um deus. No entanto, sabemos que existe um único Deus – argumentou o Bispo Marcus.

– Mas é isso mesmo. Um Deus único que se apresenta com três faces, a trindade divina, Pai, Filho e Espírito Santo. Jesus era o próprio Deus encarnado, ou uma de suas faces – afirmou Atanásio, recebendo apupos e vaias.

– A trindade divina é uma invenção ardilosa para justificar que Jesus é Deus – acusou um bispo da Líbia.

Grande agitação tomou conta da assembleia. Uns expressando suas ideias, outros ironizando.

– Se Jesus era Deus, por que aquela lamúria durante a crucificação, "Pai, por que me abandonaste"?

Com exceção da nova data da Páscoa cristã, nada mais foi aprovado naquela primeira assembleia. As sessões do Concílio se iniciavam quando o calor da tarde amainava e terminavam quando a noite se abatia sobre a cidade, quando, então, precisavam manter as lamparinas acesas para que se pudesse enxergar.

Sem algum aviso prévio, uma rajada de vento muito forte invadiu portas e janelas, deixando todos na escuridão, como se a natureza esbravejasse perante o Concílio.

– Falta de luz... Mau presságio – murmurou alguém.

5. *Ahoma*

A Imperatriz Fausta era, possivelmente, a única pessoa que sabia detalhes do assassinato de sua predecessora, e quem o havia perpetrado. Por essa razão, era tímida e delicada na presença do esposo. Temia atiçar-lhe o fogo da ira e ter o mesmo fim da esposa Minervina. Mas, na ausência dele, era uma megera ao tratar com filhos e escravos, cobrava a mais estrita sujeição. Por questões políticas, Constantino a tomara por esposa quando tinha ainda sete anos. Seguindo a moralidade de então, ele se valeu do direito de marido para estuprá-la. Apesar de muito jovem, ela deu-lhe três filhas mulheres – Constantina, Helena e Fausta – e três filhos homens – Constantino II, Constâncio II e Constante.

O Imperador Constantino, então com 58 anos, já não tinha interesse nem energia necessária para satisfazer a fogosa e jovem esposa, então com 25 anos. Numa das vezes em que Fausta esteve ali, naquela cidade, conhecera Kostólias, um jovem cavaleiro grego que cuidava das cocheiras do palácio. Apaixonou-se por ele e, desde então, sempre que vinha a Niceia, ia encontrá-lo, usando uma passagem secreta que partia da alcova do casal imperial e ia dar exatamente onde o rapaz laborava, nas cocheiras, do lado de fora do palácio. Numa cidade pequena, nada permanece em segredo, e logo a notícia da traição conjugal espalhou-se. O marido, como sempre, seria o último a saber.

Naquela tarde, a Imperatriz estava mais entediada que de praxe. Foi procurar Kostólias nas cocheiras, mas não o encontrou. Que fazer? Nem filhos para cuidar; tinham ficado em Constantinopla sob os cuidados das amas... Lembrou-se, então, de que ouvira falar de uma infusão, um chá chamado ahoma ou soma, uma bebida ritual muito antiga, da cultura védica e hindu, que em Niceia era muito usada. Então, para escapar da desinteressante rotina palaciana, quis conhecer o famoso alucinógeno.

Preparação do Ahoma

Durante muitos séculos, as cerimônias religiosas cristãs e também de outros credos eram acompanhadas desse chá, um alucinógeno considerado a personificação de Deus. Apesar de ser preparado em muitas partes do Império, o ahoma produzido em Niceia era especialmente poderoso devido ao clima quente e ao solo fértil. Fausta desejava prová-lo, refugiar-se num mundo ilusório, brando, coisa que ouvira dizer que aquele chá poderia lhe proporcionar. Mandou, então, sua escrava Lídia ir ao comércio e adquirir o ahoma.

Horas depois, em seu retorno, a escrava trazia o semblante carregado, cabeça baixa, como se fosse culpada de algo judicioso.

– Que aconteceu, Lídia? Que cara é essa, cadê meu chá? – cobrou a Imperatriz.

– Perdão, senhora, não consegui comprar, nem dizendo que era para vós.

– Não? Incompetente, não prestas para nada! Vou vender-te para o primeiro velho babão que aparecer!

– Perdão, minha senhora, os camponeses dizem que no último inverno uma geada matou os arbustos. Só tem as folhas do ahoma quem guardou da colheita anterior, e não querem vender.

A Imperatriz engoliu em seco, e remoeu em pensamento uma estratégia para se vingar dos aldeões que, com certeza, estavam mentindo.

– Está bem, escrava, desta vez estás perdoada. Podes retirar-te.
– Há outra coisa, Majestade...
– Que mais? Diz logo.
– Coisas que ouvi – disse a escrava, temerosa de expor-se e ser castigada. Por outro lado, se ocultasse o que ouvira, poderia receber castigo maior.
– Ouviste o quê?
– Corre o boato de que o Imperador foi quem mandou matar a primeira esposa e outros da família.

A Imperatriz assustou-se, sabia que aquilo era segredo. Como haviam descoberto? Constantino revelara o fato a ela apenas para exemplificar que lhe faria o mesmo, caso o traísse.

– Quem disse isso? – ameaçou a Imperatriz.
– É comentário corrente entre os aldeões. Espalhou-se feito incêndio ao vento.
– Não acredites em nada disso. São mentiras de inimigos do meu marido. Estás proibida de repetir esses comentários, ouviste bem?

Apreensiva, Fausta pensava: contaria ao imperador sobre o boato, aliás, verdadeiro? Temia sua fúria, poderia considerar que fora ela a alcoviteira. Não, melhor não contar nada. Tais pensamentos a afligiam, e o desejo de refugiar-se nas ilusões do ahoma cresceu intensamente. Sim, se queixaria ao marido, que certamente obrigaria os aldeões a ceder-lhe o chá. Foi ter com ele.

Quando Fausta entrou na sala do trono, interrompeu um diálogo entre Constantino e Árius. Desculpou-se pela intromissão, mas queixou-se dos aldeões.

– Não te preocupes, Fausta, mandarei soldados para pressioná-los.

Árius, que conhecia bem a violência com que os soldados pressionariam os aldeões para conseguir a infusão, resolveu impedir que o pior acontecesse, oferecendo-se.

– Posso conseguir o ahoma hoje mesmo, se Vossa Majestade me permitir.

– Mas é claro que permito. Também agradeço, mas não demores. Aguardarei em meus aposentos – avisou Fausta, retirando-se.

– Essas jovens de hoje não têm paciência. Quando querem uma coisa, querem para já – comentou Constantino.

Novamente a sós, Constantino e Árius retomaram o assunto interrompido. Falavam da natureza de Jesus. Seria um deus, de acordo com as ideias de Atanásio, ou apenas um grande mestre, emissário de ensinamentos luminosos, tese defendida por Árius?

– Considerá-lo um Deus lhe dará mais força, credibilidade e poder, e isso justificaria os milagres – argumentou o Imperador.

– Sinto muito, Majestade, isso seria construir uma mentira que se espalharia por todo o Império, norteando erroneamente a vida das pessoas.

– Pensa bem, Árius, Jesus teria ressuscitado se não fosse um Deus, se fosse um homem como nós?

– Embora a ressureição de Cristo seja o fato mais importante da cristandade, é outra mentira! E depois, dizem que ele deu a vida para nos salvar, mas, se ressuscitou, então não deu a vida... Além do mais, para que levaria um corpo de carne e osso para o céu?

– Mas, sendo uma mentira boa, é bom para o povo nortear-se por ela, não achas?

– Nunca fui a favor da mentira. Vossa Majestade sabia que na Judeia, no tempo em que se diz que Jesus viveu, castigavam as pessoas, crucificando-as? Durante quatro dias permaneciam na cruz e eram beliscadas e comidas às vezes por pássaros. No quarto dia soltavam os restos da cruz, que caíam ao chão e serviam de alimento para os cães. Não eram enterrados. Por que Jesus teve esse privilégio de ser enterrado?

Constantino nada respondeu, talvez procurando uma resposta em sua memória. Árius continuou:

– Não seria para justificar a descoberta do túmulo vazio, da tal Ressurreição?

– Mas és mui rígido! – exclamou o Imperador, deixando claro que se enfastiava com a oposição do Mestre.

Árius ia replicar, mas entendeu que não compensava o esforço, Constantino era turrão. Naquele momento, ele teve a certeza de que a tese do Jesus-Deus seria imposta aos bispos no Concílio.

– Peço licença para me retirar. Vou atrás do ahoma para vossa esposa.

– Antes que te vás, quero dizer-te uma coisa sobre meus pesadelos.

– Aqueles sobre o assassinato de vossa família?

– Sim. Quando terminei minha confissão e não me condenaste, senti um grande alívio, como se fora perdoado. Como já deves saber, vivo preocupado com os rumos dessa nossa nova religião, em como atrair adeptos, e assim fortalecer nosso Império. Por que não introduzir essa prática de confessar entre os rituais que estamos criando para a Igreja? Não achas que seria bom para os fiéis livrarem-se de seus sonhos maus, de seus pecados?

– Resta saber se as pessoas vão querer revelar seus dilemas. Será necessário algum incentivo.

Árius foi buscar o ahoma para a Imperatriz.

Constantino ficou cativo de pensamentos que buscavam um incentivo à confissão.

6. Padrão Hórus

O céu liberto de nuvens permitia que o Sol queimasse o chão. Apesar do calor, Árius atravessou os portões do castelo usando uma sobreveste com capuz. Evitava, assim, ser reconhecido. Encaminhou-se à praça central de Niceia, onde comerciantes vendiam ou trocavam mercadorias a céu aberto. Acercou-se de uma banca de damascos que, aliás, muito apreciava.

Enquanto aguardava que o vendedor embalasse os frutos, surgiu no céu um falcão piando forte, revoando sobre a praça. Árius ergueu a cabeça para rever a beleza do voo que o fez lembrar-se de Hórus, o deus egípcio, conhecido como o Senhor dos Céus, que tinha aquela ave como símbolo. No entanto, ao olhar para cima, seu capuz deslizou, expondo-lhe a face.

Hórus – Falcão Senhor dos Céus

– Mestre Árius! – exclamou o vendedor. – Que honra é ver-te aqui. Com prazer ofereço-te os damascos, não aceitarei que pagues. O que mais posso fazer por ti?

– Agradeço tua gentileza. Estou procurando quem possa me prover de um pouco de ahoma.

– É para ti mesmo? Pergunto, porque veio aqui uma escrava querendo comprar ahoma para a Imperatriz. Todos nós negamos vender. Aqui em Niceia não gostamos dela, que, além de prepotente, trai o Imperador com um cavaleiro grego...

– Não te preocupes, é pra mim – mentiu o Mestre, para cortar o mexerico que o vendedor principiava a fazer.

– Conseguir o ahoma é fácil, eu mesmo tenho armazenado em minha casa. Quanto te apetece, Mestre?

– Não mais que um litro.

Ao voltar ao palácio, Árius fez questão de entregar o ahoma pessoalmente à Imperatriz, que o convidou para juntar-se a ela e Constantino na ceia daquela noite. Ela ouvira dizer que o Mestre era um sábio condutor de sessões de ahoma, e desejava que ele a acompanhasse no ritual da droga que pretendia patrocinar.

Pontual, traço de sua personalidade, Árius compareceu na hora marcada. Para sua surpresa, também tinham sido convidados o Bispo Alexandre, seu protegido Atanásio e o historiador e biógrafo do Imperador, Eusébio de Cesareia. Quando todos se encontraram, Constantino fez um breve discurso, enaltecendo-os.

– Vós sois as pessoas mais importantes deste Concílio. Nosso querido Eusébio de Cesareia, sempre fiel aos fatos, é quem terá a honra de transcrever para a História as decisões aqui tomadas; e vós, Atanásio e Árius, que são os mais brilhantes teóricos do cristianismo, ireis liderar os debates. E por último, mas não menos importante, dá-nos a honra de sua presença o Bispo Alexandre, que vem conduzindo as assembleias com primor. Achei que poderíamos aproveitar esta oportunidade para dialogar sobre o

principal tema deste nosso Concílio, que delonga em demasia o andamento dos trabalhos.
 – E qual tema seria, Majestade?
 – A divindade de Jesus, é claro.

O Bispo Alexandre tossiu antes de falar, e isso acontecia com frequência: sofria de uma enfermidade pulmonar crônica.
 – É um tema muito controverso. Em nossa mais recente assembleia, eu propus que usássemos as profecias dos antigos profetas judeus para compor uma boa história para Jesus, e usei como exemplo a virgindade de Maria. Mas o nosso amigo Árius contestou-me. Parece que insiste na já famosa "heresia ariana", como ficou conhecida sua posição. Árius acredita que Cristo não era divino, mas a mais perfeita das criaturas. Corrige-me se cometi algum engano.
 – Descreveste perfeitamente o que penso, Excelentíssimo Alexandre.

O historiador Eusébio resolveu complementar o assunto:
 – Se quisermos criar uma religião duradoura, talvez devêssemos nos ater aos fatos sugeridos pelo Padrão Hórus, um modelo que em parte já foi utilizado ao inventarem aqueles quatro evangelhos.
 – Padrão Hórus... Nunca ouvi falar de tal coisa – admirou-se Constantino, cujo repertório cultural não era lá tão elevado. – E de que se trata?
 – Hórus era o deus egípcio do Sol, a personificação da luz, deus dos céus, representado pelo falcão. O Padrão Hórus se refere à passagem do deus pela Terra, uma sequência de fatos marcantes pelos quais passou, uma verdadeira via sacra.
 – E que fatos são esses?
 – Hórus nasceu da virgem Isis, no começo do inverno, última semana de dezembro. Três reis seguiram uma estrela até encontrá-lo e reverenciá-lo. Aos doze anos já demonstrava grande sabedoria e discutia religião de igual para igual com os mais

renomados sacerdotes. Aos trinta anos fora batizado por Anup, o Batista, tinha doze discípulos com os quais viajava de cidade em cidade, fazia milagres e andava sobre as águas. Traído por Tifon, foi crucificado e ressuscitou no terceiro dia.

– Que coisa surpreendente! – admirou-se o Imperador. – É a própria história de Jesus, segundo alguns evangelhos.

– Ocorre que Hórus viveu muitos milênios antes de Cristo – esclareceu Árius.

A seguir, bem afinado com as ideias de Árius, o historiador Eusébio complementou:

– Quem escreveu os quatro evangelhos devia conhecer bem o Padrão Hórus. Essa mesma história foi atribuída a diversos outros mestres, como Krishna, na Índia, Dionísius e Áttis, na Grécia, Mitra e Zaratustra, na Pérsia, e muitos outros. Como se todos tivessem tido a mesma trajetória de vida, morte e ressureição. Trata-se de um modelo que religiosos atribuem aos seus mestres espirituais para dar-lhes um poder maior, e que já provou sua eficiência mística inúmeras vezes com diferentes povos. A História registra dezenas de mestres aos quais se atribuiu esse Padrão.

– Então a história de todos esses mestres é mentira, é cópia? – concluiu Constantino, perplexo.

– Sem dúvida – confirmou Árius.

A Imperatriz Fausta, que não sem dificuldade acompanhava a conversa, sentia-se um mero objeto decorativo, pois ninguém a ela se dirigia, tampouco prestigiava sua presença. Resolveu chamar a atenção sobre si e tentar aderir à inquietação do marido:

– Também estou achando tudo isso muito estranho. Só pode ser mentira.

Um silêncio inquieto se impôs. O próprio Imperador, que em outras ocasiões não deixaria passarem em branco as inadequadas intromissões de sua esposa, não se pronunciou. Não que Fausta fosse tola, mas, assim como quase a totalidade das mulheres romanas, não participava da vida pública. As mulheres viviam enclausuradas, cuidando dos filhos ou da cozinha, e, por essa razão, não estudavam, não ampliavam seus conhecimentos nem desenvolviam o intelecto.

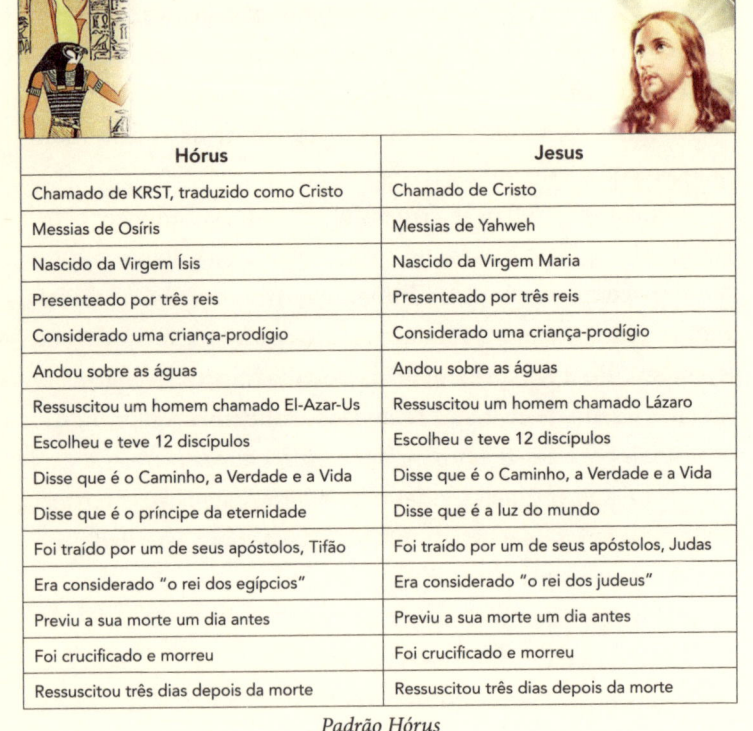

Hórus	Jesus
Chamado de KRST, traduzido como Cristo	Chamado de Cristo
Messias de Osíris	Messias de Yahweh
Nascido da Virgem Ísis	Nascido da Virgem Maria
Presenteado por três reis	Presenteado por três reis
Considerado uma criança-prodígio	Considerado uma criança-prodígio
Andou sobre as águas	Andou sobre as águas
Ressuscitou um homem chamado El-Azar-Us	Ressuscitou um homem chamado Lázaro
Escolheu e teve 12 discípulos	Escolheu e teve 12 discípulos
Disse que é o Caminho, a Verdade e a Vida	Disse que é o Caminho, a Verdade e a Vida
Disse que é o príncipe da eternidade	Disse que é a luz do mundo
Foi traído por um de seus apóstolos, Tifão	Foi traído por um de seus apóstolos, Judas
Era considerado "o rei dos egípcios"	Era considerado "o rei dos judeus"
Previu a sua morte um dia antes	Previu a sua morte um dia antes
Foi crucificado e morreu	Foi crucificado e morreu
Ressuscitou três dias depois da morte	Ressuscitou três dias depois da morte

Padrão Hórus

O silêncio só foi quebrado pela entrada dos pajens trazendo os alimentos da ceia. A aparência da carne de perdiz, molhada de hidromel, foi muito enaltecida, e abriu o apetite dos convidados. Constantino aguardou que todos fossem servidos para retomar a confabulação:

– Estás muito quieto, Dom Atanásio. O que pensas disso, desse Padrão Hórus?

– Nunca tinha ouvido falar dele, Majestade. Minha fonte de estudos é a Bíblia, e lá nada disso encontrei. Não acredito nessa história.

– Mas me parece ser algo muito importante – retorquiu Constantino.

Para assombro de Atanásio, o Bispo Alexandre tomou a palavra para concordar com o Imperador e ainda propor:

– Ocorreu-me uma proposta: devemos estudar esse Padrão Hórus a fundo e completar a história de Jesus com base nele, apenas anexando os detalhes ausentes.

– Proposta interessante. O que ajuízas sobre isso, Mestre Árius? – quis saber o Imperador.

– Penso que esse Padrão Hórus seja um conjunto de instruções, um molde que a humanidade carrega por hereditariedade no interior do cérebro. Como dizem os gregos, um arquétipo. Esse molde induz o ser humano a se render a determinados seres cujas vidas reproduziram a trajetória de vida de Hórus.

Sem conseguir acompanhar o que dizia Árius, Fausta ergueu sua taça de vinho e propôs um brinde, a interromper a conversa desastrosamente:

– Um brinde em homenagem a Hórus!

Para não constrangê-la, os convidados ergueram suas taças e aderiram ao brinde, mas desta vez o Imperador não deixou seu comportamento passar sem adverti-la:

– Se não entendes o que dizemos, melhor que permaneças calada, minha querida esposa – adicionando um tom irônico às últimas palavras. Em seguida, como se a interferência de Fausta não tivesse acontecido, retomou o assunto.

– Um padrão hereditário... Muito interessante – considerou Constantino. – Diz mais, Árius.

– Quando se encaixa a história de um indivíduo nesse padrão, seu sucesso é garantido junto ao povo. Acredito ser verdade que tais fatos foram vividos por Hórus, considerando que ele era um alienígena com conhecimentos de que não dispomos ainda. Somente um extraterrestre, com cultura mais evoluída que a nossa, saberia como gerar um filho na barriga de uma virgem.

– Extraterrestre? Estás brincando, Árius? – riu o Imperador. – O que achas disso, Bispo Alexandre? Seria verdade que alienígenas vieram mesmo ao nosso planeta?

O Bispo Alexandre teve um longo ataque de tosse, interrompendo o colóquio. Enquanto ele se recobrava, Atanásio embarcou em sua defesa, dizendo aquilo que ele provavelmente diria.

– Apoiar a ideia de que existiram alienígenas pode derrubar muitos dogmas do cristianismo. Não acreditamos que existam alienígenas, homens de outros planetas vivendo entre nós. Segundo as escrituras, Deus criou o homem somente aqui na Terra.

– Prezado Dom Atanásio, não é minha intenção ofender-te de forma alguma, mas, se deixasses as Escrituras de lado e buscasses ampliar teus conhecimentos em outras fontes, saberias que a humanidade foi criada por seres extraterrestres – afirmou Árius.

A declaração do Mestre foi tão inesperada que todos ficaram perplexos, emudecidos por algum tempo, até que o historiador Eusébio aderiu:

– Eu também sinto discordar de Vossa Excelência, Dom Atanásio. Existe farta documentação a respeito da presença de extraterrestres entre nós no passado. Além disso, tal fato consta na Torá judaica, nos hieróglifos dos templos egípcios, nas tábuas de argila da Babilônia e até na própria Bíblia.

– Na Bíblia? Impossível! – duvidou o Bispo Alexandre, já recuperado da tosse.

Depois de refletir por alguns segundos sobre o tom que deveria usar, Árius decidiu ser franco:

– Espero que não entendas minhas palavras como uma ofensa a Vossa Reverendíssima pessoa, Bispo Alexandre, mas me dás a impressão de que nunca leste o livro *Gênesis* da Bíblia. Lá existem versículos que citam claramente os Elohim ou Nefilim, palavras que significam: "aqueles que do céu desceram".

– Os anjos, é claro, desceram do céu. Mas não me recordo de ter lido esse nomes em nossa Bíblia – contrapôs o Bispo Alexandre.

– Com tua permissão, posso citar alguns versículos que sei de memória – ofereceu-se o Mestre com certo desejo de demostrar a ignorância alheia.

– Será um prazer ouvir-te – incentivou o Imperador.

Então Árius bebeu mais um gole de vinho, levantou-se e, de pé, recitou a passagem bíblica:

– "Quando os homens começaram a ser numerosos na face da Terra, e lhes nasceram filhas, os filhos de Deus viram que eram belas, e tomaram como mulheres todas as que lhes agradaram. Naquele tempo e também depois, quando os filhos dos deuses se uniam às filhas dos homens e estas lhes davam filhos, os Nefilim habitavam sobre a Terra. Estes homens famosos foram os gigantes dos tempos antigos", Gênesis, capítulo 6, versículos 1 a 4.

Aproveitando o ensejo, Eusébio, que queria mostrar-se culto e impressionar o Imperador, resolveu também citar outras passagens bíblicas:

– "E Deus disse: Façamos o homem à nossa imagem e semelhança", Gênesis, capítulo 1, versículo 25. Pergunto: por que Deus disse "façamos"? Certamente porque havia outros deuses com ele.

– Só pode ser um erro de tradução – interveio Atanásio, ainda tentando defender-se.

– Há também outra passagem que diz: "Então, a divindade Javé disse a seus pares: observem Adão, tornou-se um de nós...", capítulo 3, versículo 22. Com quem Deus falava quando disse: "Adão tornou-se um de nós"? De nós quem? Quem são os pares a quem Deus se refere? – indagou Eusébio.

Ninguém respondeu. Sem saberem o que dizer, os participantes da ceia resolveram ocupar o silêncio comendo. Fausta, de cabeça baixa, nem tocava no alimento. Árius percebeu:
— Perdestes o apetite, Imperatriz?
— Perdi — balbuciou ela, com a voz embargada.
— A carne de perdiz está deliciosa — exaltou o Mestre, intentando despertar-lhe o ânimo.

Ela nada respondeu. Baixou ainda mais a cabeça, permitindo que lágrimas irrompessem e respingassem sobre o prato de alimentos. Constantino consternou-se, para surpresa dos demais, que sempre esperavam dele frieza de sentimentos.
— Fausta, queres que eu permita que te retires? Desejas dizer alguma coisa, esposa?

Enxugando as lágrimas, lutando para recobrar a dignidade, ela aceitou a oferta do marido e falou num tom brando:
— Estou muito contente com o presente que recebi de tuas mãos, Mestre Árius, o ahoma. Soube que diriges sessões com este chá para grupos de discípulos. Quem já teve o privilégio de beber na tua presença, diz ter vivido momentos maravilhosos. Fiquei curiosa. Penso bebê-lo depois de nossa ceia. Gostarias de dirigir uma sessão conosco? É claro que todos os senhores também estão convidados.
— Sinto desapontar-vos, Majestade, mas faz um bom tempo que abandonei tal prática.

Um tanto desconcertada, a rainha quis saber a razão. Árius explicou:
— Para começar, é um alucinógeno que nos tira da realidade. Nada tenho contra escapar da realidade de vez em quando. Entretanto, a ingestão do ahoma pode ser perniciosa nas mãos de pessoas inescrupulosas. Quem bebe pode acreditar que sejam reais as coisas que vê sob seu efeito. Além disso, as palavras têm muito poder de fixação na mente durante e além das sessões.

— Mas isso é bom, não é? Enriquece a memória! — concluiu Fausta.

Árius respirou fundo, buscando paciência diante da insistência da Imperatriz, e voltou a explicar:

— Depende de quem esteja falando. Quem fala sob o efeito do ahoma, que é, geralmente, quem dirige as celebrações, pode inculcar mentiras nas mentes dos discípulos. Mentiras que poderão persistir para sempre. A sede de poder e de prestígio é traço dos seres humanos. Alguém que tenha um bom carisma pode impelir através do ahoma centenas de outros a pensarem que se trata de um semideus ou coisa parecida, e conduzir os seguidores por veredas ilusórias.

— Mas tu não acreditas que existam realidades ocultas aos nossos olhos, realidades que se apresentam sob o efeito do ahoma? — indagou o Bispo Alexandre.

— Quando as pessoas bebem o ahoma, logo fecham os olhos para entrar numa viagem interior. Creio que tudo que se vê de olhos fechados é pura imaginação.

Silêncio curioso.

— Peço licença para declinar de vosso convite, Majestade, mas aproveito para alertar que não se deve ingerir o ahoma com o estômago cheio, pode provocar vômito e até diarreia. Outra coisa, o ahoma produzido aqui em Niceia costuma ser muito mais forte que os de outras regiões. Cuidado — advertiu o Mestre.

A reunião não rendeu conclusões, o Padrão Hórus abalou as convicções cognitivas de Constantino, mas não as crenças dos clérigos, Alexandre e Atanásio, ferrenhamente apegados às escrituras bíblicas.

A noite tardava a chegar. Mesmo durante o lusco-fusco do crepúsculo, o calor não dava trégua. Tornava-se difícil dormir, coisa que os pajens não faziam mesmo, convocados a passar a noite a abanar seus bispos. Sensível, Árius sentiu que a paz não chegava ao palácio e pressentiu que viriam chamá-lo. Por isso, nem se despiu para dormir, ficou preparado. Não tardou muito, ele foi chamado às pressas aos aposentos da Imperatriz Fausta, que havia ingerido uma quantidade exagerada do ahoma logo após a ceia, ignorando o conselho para evitar a droga de estômago cheio e o alerta sobre o quão forte era o ahoma produzido naquela região.

Ela não só vomitara como também defecara em suas roupas e, por fim, desmaiou. Galeno, o médico imperial, já havia lhe dado essências para cheirar, já havia chacoalhado seu corpo, feito tudo o que sabia para trazer a Imperatriz de volta à consciência, sem sucesso.

Os Nefilim

Quando entrou nos aposentos, Árius encontrou Fausta caída ao chão, cercada por um grupo de curiosos que tapavam o nariz para se defender do mau cheiro. Árius pediu que todos se afastassem, aproximou seu rosto ao dela e apenas chamou:

– Fausta.

Ela abriu os olhos com uma expressão abismada de quem não sabia o que lhe acontecera. A mistura de vômito e fezes tornava o ambiente irrespirável, mesmo assim, membros da corte e pajens não arredavam o pé, a curiosidade tudo superava – "milagre", diziam alguns, ajoelhando-se aos pés de Árius.

– Levantai. Isso não foi milagre algum. O ahoma é conduzido pela palavra ou som. Doutor Galeno, não adianta ficar chacoalhando a pessoa ou dando coisas para ela cheirar. Basta chamar pelo nome com firmeza que ela acordará.

Não longe dali, Atanásio rolava de um lado para o outro na cama, também não conseguia dormir. O Padrão Hórus girava em sua mente, desmistificando a história de Jesus. O fato de o assunto dos extraterrestres constar no *Gênesis* abalara a confiança em seu próprio conhecimento sobre as Escrituras, fato do qual, até então, se orgulhava. Como não tinha percebido aqueles versículos da Bíblia citados por Árius e Eusébio durante a ceia? E os alienígenas – seríamos mesmo filhos deles?

7. Masmorra

Desde que fizera a confissão de seus crimes ao Mestre Árius, rugas na testa, Constantino cogitava encontrar um incentivo que fizesse os cristãos contarem seus pecados. Caminhava em círculos pelos jardins do palácio quando, por fim, seu rosto se distensionou. Eureka! Um largo sorriso foi o sinal de que havia encontrado na mente o que almejava. Então, mandou que chamassem o Bispo Alexandre. Quando este se apresentou...

– Bispo Alexandre, tenho uma grande notícia que desejo comunicar-te. Quero instituir entre os rituais da nossa igreja algo que criei durante a noite, inspirado, sem dúvida, pelo próprio Senhor Jesus Cristo.

– Aleluia! Glória a Deus nas alturas! – regozijou-se o Bispo.

O Imperador esclareceu:

– A Eucaristia, a ideia de partilhar do sangue e do corpo de Cristo através da comunhão, é algo muito sagrado, e penso que só deve ser realizada por pessoas limpas de pecado, não achas?

– É... Penso que sim, Majestade – concordou o Bispo sem convicção, pego de surpresa, nunca havia pensado naquilo.

– Pois eu descobri um jeito de fazer os fiéis se purificarem: uma confissão perdoada.

– Não entendi... Uma confissão?

– Todo cristão deveria confessar-se, contar seus pecados a um sacerdote da Igreja, padre ou bispo que lhe perdoaria em nome de Deus. Somente depois disso, o fiel confesso poderia participar da comunhão. Não é um bom rito?

– Ideia fantástica, Majestade, digna de inspiração divina. Que maravilha! – jubilou-se Alexandre com tão exagerada euforia, a ponto de fazer sua tosse crônica desandar, que cessou sua fala por um bom tempo. Impaciente, porém necessitando da aprovação do sacerdote, Constantino aguardou que ele se refizesse. Depois, já recomposto, o Bispo concluiu:

– Trata-se de um rito fantástico e duplamente valioso. Além de aliviar a consciência dos fiéis, a Igreja terá conhecimento dos males secretos, dos pecados que andam circulando em nosso meio.

– Para isso, é preciso providenciar algo entre quem confessa e quem ouve.

– Não entendi. Posso saber o ensejo disso, Imperador?

– Para facilitar a revelação de pecados, é importante que a pessoa sinta que não está sendo vista, como se falasse com o próprio Deus. Pode ser qualquer coisa, um véu, uma grade, enfim, um anteparo para facilitar a confissão, um "confessionário".

– Uma ideia como essa só mesmo vinda dos céus. Parabéns, Majestade, por serdes benemerente de receber tal mensagem.

– Agora vai, Alexandre, comunica a ideia ao Concílio e consegue que seja aprovada como integrante dos cânones da Igreja.

O Bispo saiu do encontro muito alegre, teria uma boa proposta para apresentar aos bispos. Logo que ele se retirou, o Imperador esfregou as mãos num gesto de sucesso, sentia-se como um deus criando a realidade. Mas sua satisfação não durou muito. Estefanos, o pajem-mor, irrompeu na sala do trono para informá-lo de que Cássio, seu pajem de alcova, havia partido da cidade sem dizer aonde ia, nem se pretendia regressar.

– Queres que eu faça o quê?! – praguejou Constantino, subitamente mal humorado.

– Perdão, Majestade. Pensei que gostaríeis de escolher pessoalmente um novo pajem para os vossos aposentos.

Constantino respirou fundo, visualizou na mente a tarefa e se acalmou.

– Está bem. Podes convocar os escravos mais bem... educados. Se não encontrares alguém adequado em Niceia, busca em Constantinopla.

A cena da escolha seria humilhante se todos aqueles jovens que dela participavam não ambicionassem ser o pajem preferido do Imperador. Todos nus, eram examinados dos pés à cabeça. Constantino mandava que abrissem a boca para sentir o hálito e ver os dentes como se faz num leilão de cavalos. Por fim, o escolhido foi um belo rapaz, a respeito do qual o Imperador verbalizou:

– Parece uma cópia da estátua do glorioso deus Apolo, aquela que está no Oráculo em Delfos.

O inesperado ato de escolher um escravo acendeu as energias do Imperador, recuperou seu humor, mas não por muito tempo. Aquele não era mesmo um bom dia, uma notícia má era seguida por outra péssima; sentiu-se apunhalado pelas costas quando Estefanos revelou:

– Corre à boca miúda que o Imperador matou quatro pessoas da família.

Num instante, um rubor tomou conta de seu rosto, veias saltaram no pescoço, quase teve um ataque cardíaco, ia explodir impropérios, mas faltou-lhe o fôlego. Conteve-se diante de tamanho dilema: só podia ter sido sua esposa, a única que sabia, ou seria o Mestre Árius? De todo modo, um golpe duro. Que fazer? Só lhe restou ordenar em tom imperioso:

– Traz Fausta e também Árius à minha presença!

Não tardou e suas ordens foram cumpridas. Fausta, que ficara sabendo dos boatos sobre a matança antes do Imperador, e como imaginava a tempestade que se armaria contra ela, foi preparada.

– Juro por Jesus, pelo Sol, por quem tu quiseres, não fui eu, não fui eu – suplicou dramaticamente a Imperatriz, caindo de joelhos a beijar os pés do esposo, conforme havia ensaiado.

Árius mantinha-se calado, impassível, imóvel como uma estátua. Pressentia que estava à beira de um castigo severo contra o qual pouco poderia fazer. Já desconfiava de quem teria sido o mexeriqueiro, mas jamais acusaria alguém sem certeza apenas para defender-se.

– E tu, Árius, traidor, achas que serei benevolente contigo, que aceitarei teu perdão? O que tens a dizer em tua defesa?

– Espero que Vossa Majestade mandeis averiguar o caso e perdoeis o culpado de acordo com a vossa consciência – sugeriu Árius com firmeza.

A confissão de seus crimes a Árius havia ocorrido poucos dias antes, ainda estava fresca em sua memória, fato que fazia Constantino sentir a certeza provinda da raiva de que era Árius o delator. Mas, por via das dúvidas, mandou os dois suspeitos para a masmorra nos porões do palácio.

A notícia das prisões correu depressa. Espertamente, o Bispo Alexandre aproveitou a situação para apressar a convocação de nova assembleia. Seria bem mais fácil aprovar as teses de Atanásio, que também eram as suas, sem a presença do contestador Árius.

Assim, quando alcançaram o quórum necessário, ele abriu a sessão, mas não foi fácil aplacar o murmúrio oriundo da decisão radical que tomara o Imperador de jogar Árius na masmorra. Assim que o queixume esfriou, o Bispo Alexandre apresentou a criação do Imperador, que propunha o confessionário, ideia que foi grandemente louvada, em especial pelos que amavam ouvir pecados, isto é, intimidades.

– Mas isso já existe. Diversas igrejas do Oriente e também em Jerusalém realizam a confissão – disse Macário, bispo de Jerusalém.

Um grande silêncio se abateu sobre a assembleia por alguns segundos.

Alguém contestava uma "criação" do Imperador?

Mas então, raposa velha na arte de tergiversar, o Bispo Alexandre simplesmente ignorou a informação do bispo e já ia entrando noutro assunto, mas o Bispo Macário insistiu:

– Mas então, como ficamos sobre esse assunto das confissões, Excelência?

Atanásio entrou em defesa da proposta:

– Pelo que se sabe, uma coisa não tem a ver com a outra. Pode ser que lá se confessassem, mas a confissão era feita coletivamente e não era um ato obrigatório para que os fiéis participassem da sagrada comunhão. E depois, como ousas questionar uma mensagem divina recebida pelo Imperador? Ainda se fosse algo ruim, mas não, é um rito útil e belo.

O silêncio foi absoluto durante alguns segundos, até que Atanásio retomou a palavra:

– Proponho que o novo rito seja obrigatório em todas as igrejas cristãs.

– Quem dá aos sacerdotes o poder de perdoar? Quem somos nós para ter tamanho poder? Seríamos deuses? – questionou o Bispo Ósius.

– Tal ritual serve para o fiel confesso ficar nas mãos do sacerdote que, de posse de seus pecados confessos, pode obter vantagens sobre ele – concluiu o Bispo Marcus.

Uma indecisão se abateu sobre as mentes dos sacerdotes, e a resolução sobre o confessionário foi postergada.

Então, o Bispo Alexandre retomou as rédeas da assembleia. Prevaleceu-se da ausência de Árius para aprovar uma resolução muito importante, fato que mudaria o destino do cristianismo. Como já fizera antes, propôs a manutenção apenas dos quatro evangelhos na configuração do Novo Testamento.

Percebendo a manobra, o Bispo Marcus, com a gravidade de seus quase duzentos quilos, tentou impedir a continuidade da votação, alegando que a discussão sobre o tema deveria ser adiada. Pedia que aguardassem até que se descobrisse o que levara o Mestre à masmorra, e que ele fosse liberto para defender suas ideias. Entretanto, tal alegação foi rejeitada com a desculpa de que a prisão do Mestre poderia durar muito tempo, e o Concílio não podia paralisar suas labutas.

A insistência do Bispo Marcus e de mais alguns adeptos do arianismo em adiar as resoluções retardaram, porém não impediram o escrutínio. Por coincidência, assim que a proposta do Bispo Alexandre foi aprovada pela maioria, ouviu-se o ecoar de muitas vozes. Alguns bispos, que haviam bebido vinho além da conta, ouviram aquilo como um canto de aprovação dos anjos.

– Os anjos dizem amém! Aleluia! – bradavam exultantes.

Na realidade, era uma multidão de moradores de Niceia que se revoltou ao saber da prisão do Mestre Árius, venerado por muitos. Gritavam contra a prisão, pediam libertação imediata. Aquele era um fato inédito que Constantino teria de enfrentar.

Não era comum que o povo se revoltasse a ponto de desafiá-lo. Ficou receoso de contra-atacar, não se fizera acompanhar por seu exército, apenas por sua guarda pessoal, que não teria condição de conter os revoltosos. Por outro lado, recuar de suas ordens seria uma prova de debilidade que não estava disposto a corroborar.

Então, mandou que reforçassem a guarda dos portões do palácio para que ninguém entrasse ou saísse, e ignorou a demanda do povo.

Quando a noite se inclinou sobre a cidade, a multidão se dispersou, cansada de implorar pela soltura do Mestre.

Logo cedo, os cidadãos de Niceia voltaram a protestar nos portões

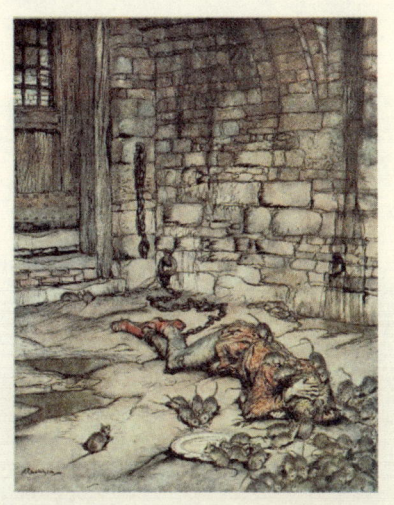

Masmorra

do palácio, demonstrando a grande afeição que sentiam pelo Mestre. Na masmorra, mais luz entrou pelos porões quando a única porta se abriu e surgiu Lídia, a escrava da Imperatriz que vinha trazer pão e água para os prisioneiros. Enquanto Fausta devorava boa parte do alimento, Árius aproveitou a oportunidade para falar à escrava:

– Lídia, serei muito grato a ti se me fizeres um grande obséquio. Sei que foi o pajem Cássio quem veiculou os crimes do Imperador, por isso ele fugiu. Peças ao meu amigo Marcelus que vá atrás dele. Não deve ter ido muito longe, talvez ainda esteja em Constantinopla.

A escrava não apenas deu o recado a Marcelus, como também comentou com os serviçais do palácio que o culpado era Cássio. Outro pajem sabia do endereço de um parente do alcoviteiro fujão em Constantinopla. Talvez estivesse refugiado lá.

De posse do endereço, Marcelus pretendia partir sem mais delongas, mas como, se os portões estavam fechados devido ao clamor do povo? Novamente foi a escrava Lídia quem solucionou o problema. Sabia da passagem secreta que a Imperatriz usava quando queria esgueirar-se do palácio sem ninguém saber, para encontrar-se com o amante Kostólias nas cocheiras. Sem ser vista, aproveitando que Fausta se banhava de sol no jardim, conduziu Marcelus ao túnel.

Marcelus transpôs o caminho com uma lamparina nas mãos. Conforme Lídia lhe havia dito, o escuro túnel desembocava nas cocheiras, onde, ao final, se deparou com seu próprio cavalo em meio aos demais animais do palácio. Partiu num galope acelerado, e em algumas horas entrava em Constantinopla. O endereço que lhe haviam dado foi fácil de localizar.

Assim que viu Marcelus, Cássio reconheceu o discípulo de Árius e tentou fugir. Entretanto, ele era um rapaz frágil, até delicado, e não foi difícil para Marcelus capturá-lo.

Ao crepúsculo, Marcelus voltou ao palácio trazendo seu prisioneiro; defrontou-se, porém, com a multidão que novamente se aglomerava diante do portão, ainda suplicando pelo Mestre. Sem titubear, arrastou Cássio pela entrada secreta das cocheiras, levou-o à presença de Estefanos, o pajem-mor de Niceia, uma vez que os corredores estavam vazios de soldados; toda a guarda imperial se encontrava de prontidão nos portões, acompanhando a inquietação do povo.

Cássio tentou negar que era o delator, mas calou-se perante a acusação do próprio Estefanos, que afirmou ter ouvido da boca dele sobre os crimes de Constantino. Levado à presença do Imperador, e sem ter outra saída, achou melhor confessar, almejando o perdão se assim o fizesse. Contou que estava na alcova imperial quando ouviu a confissão revelada ao Mestre Árius. Não teve sorte.

Constantino fraquejou por um instante em que sua memória disparou uma sequência de imagens de sensuais momentos vividos com o réu, mas o que fora bom se estragou, um amargor na boca, os crimes haviam caído na boca do povo. Além do mais, um impiedoso constrangimento lhe apertava o peito. Maltratara dois inocentes, Fausta e Árius. Sentiu vergonha de si, e descontou no pajem:

– Tu, Cássio, vais pagar caro por ter-me levado a cometer uma barbaridade. Guardas! Soltai os prisioneiros Fausta e Árius e prendei esse rapaz, sem água nem comida por três dias. E que Zeus mande um raio sobre sua cabeça!

E agora, Imperador? Encarar a esposa Fausta seria fácil, não lhe devia aclarações, mas expor-se ao olhar penetrante do Mestre injustiçado... Remoeu a questão o dia todo, ansiava encontrar-se com Árius por acaso, sem precisar rebaixar-se ao mandar chamá-lo.

8. *Ele, o Mestre*

Um grande número de cidadãos festejava a notícia da libertação do Mestre junto ao palácio de Niceia. Quando ele surgiu, abriram um corredor para que passasse. Árius, de braços abertos, tocava as pessoas ao longo do caminho. Algumas baixavam a cabeça para que as mãos dele as alcançassem e, como por milagre, as pessoas estremeciam e algumas desmaiavam quando tocadas.

Já na praça central, ele se dispôs a responder a questões que o povo tivesse sobre o Concílio, mas ninguém dizia nada, todos boquiabertos, felizes apenas por vê-lo. Suas teses vinham dominando o pensamento cristão nas últimas décadas, ele tinha muitos adeptos. Então falou:

– As pessoas dizem que a Bíblia é a palavra de Deus escrita por grandes homens por ele inspirados. Na verdade, já foi escrita e reescrita muitas vezes por diferentes pessoas. Estamos aqui para rever seus textos e eliminar ideias danosas à formação do povo. Talvez estejamos inspirados por Deus, talvez não, porque há profundas divergências entre dessemelhantes correntes de pensamento que os bispos deste Concílio assumem. É como se houvesse dois diferentes deuses nos inspirando. Mas assim é a vida, distintos níveis de conhecimento, diferentes mentalidades... É sempre difícil semear nossas convicções com sucesso, não é fácil pertencer à minoria.

– Mestre, como podemos adquirir o verdadeiro conhecimento? – indagou um jovem aldeão.

– Tua pergunta me traz à mente uma frase pouco conhecida do

famoso Sócrates: "O conhecimento não é algo que se possa ensinar ou transmitir. O único que pode alcançar o conhecimento maior é o próprio indivíduo, observando e raciocinando".

Houve um silêncio pleno de indagações. Para que, então, serviam os mestres, os professores? Rompendo a indecisão, um idoso lançou a conversa para outro mistério.

– Mestre, por que as pessoas desfalecem quando são tocadas por tuas mãos?

– Porque elas anseiam.

– Mas o povo diz que tu transmites pelo toque uma energia tão intensa que as pessoas não suportam e desmaiam, e que, quando despertam, sentem-se curadas ou aliviadas de algum problema.

– Não, não. Quando as pessoas vêm a mim, já estão carregadas da energia da crença, e as expectativas que trazem consigo fazem que isso aumente.

– Perdão, Mestre, não entendi – confessou o idoso cuja mente já não operava com destreza.

– Ilusões criam muita energia. As pessoas projetam em mim um ser superior que pode ajudá-las com um gesto. Eu sou apenas uma desculpa para que curem a si mesmas, ou que sintam um excesso de energia que, de alguma forma, as satisfaça. Meu toque é tão só a gota d'água numa ânfora já repleta.

– Então não é milagre, é tudo uma ilusão?

– Milagres não existem. Tudo o que ocorre, obedece às leis da natureza. Quem cura as pessoas é a fé que elas depositam em mim ou num curandeiro qualquer.

Sempre zeloso, o discípulo Marcelus pediu às pessoas que poupassem o Mestre, muito fatigado pelos dias de prisão. As péssimas condições da masmorra haviam de fato conseguido abalar sua fortaleza, e o assédio da multidão drenava a pouca energia que ainda lhe restava. Então, carregando o Mestre nos braços, abriu caminho entre o povo e retornou ao palácio.

O Mestre dormiu profundamente durante uma hora e despertou com a chegada do Imperador em sua alcova. Coisa inédita – nunca antes vista – o grande Constantino vir até um súdito, depois de muito penitenciar-se em pensamento por tê-lo jogado na masmorra. Ali estava para pedir-lhe perdão. Mas, antes que falasse, talvez por excesso de condolência, Árius quis poupá-lo de uma tarefa que sabia não ser fácil. Só o fato de o Imperador ter vindo até ele já era um bom sinal de arrependimento.

Mestre Árius

– Caro Imperador, não é fácil ter controle sobre a mente. Somos escravos de pensamentos que atravessam rios de um lado ao outro com facilidade, e, desavisados, nos levam ao erro. Vossa visita já é meu perdão. Aliás, creio que o perdão é o maior trunfo do cristianismo. Dizem que Jesus perdoou ao ladrão que estava crucificado ao seu lado, declarando que o homem entraria no reino de Deus junto com ele naquele mesmo dia. Nenhuma outra religião, eu penso, oferece o perdão.

– Sim, tens razão, o perdão alivia a alma – concordou Constantino, expressando um sorriso de agradecimento ao Mestre por havê-lo poupado de um discurso arrependido.

– Então – retomou Árius – mostrai ao povo que sois um verdadeiro cristão e perdoai o pajem Cássio por ter ouvido a confissão dos crimes. Se ele espalhou o feito, a culpa é nossa por não haver levado em conta a presença dele. Perdoar-lhe num ato público traria grande benefício à nossa causa religiosa e recuperaria parte do vosso prestígio, que se esgarçou com a boataria dos assassinatos.

Embora abatido por ter de se aviltar tanto, Constantino concordou que aquela era a melhor solução. Convocou os cidadãos de Niceia e apresentou Cássio que, aliviado, fez o que Constantino lhe pedia. Confessou ao povo ter sido ele quem espalhara mentiras sobre o Imperador, jurou que inventara os boatos, e que nunca soube que o soberano houvesse mandado matar alguém. Recebeu o perdão publicamente, assim:

– Ajoelha-te – ordenou o Imperador.

O pajem Cássio praticamente se jogou de joelhos e Constantino proferiu o perdão com grandiloquência:

– Eu te perdoo, Cássio, em nome do Pai, do Filho e do Espírito Santo.

O prestígio de Constantino, é claro, foi restaurado em parte, sobretudo pela negativa de Cássio sobre os crimes e o oportuno perdão imperial. No entanto, alguns bispos consideraram um abuso o fato de o Imperador perdoar em nome da Trindade, ele, que nem era um sacerdote de Deus...

9. Contestações

Apreciar a solidão era um verbo que Árius conjugava bem. Assim, a estada na masmorra lhe machucou o corpo, mas não a alma. Só, sem ter de socorrer ou aconselhar alguém, focava-se melhor na busca de compreensão das atitudes da humanidade. Já bem refeito da masmorra, foi participar de mais uma assembleia do Concílio. Assim que teve oportunidade, manifestou-se:

– Embora prisioneiro por poucos dias, foi tempo suficiente para questionar minhas próprias ideias a respeito do cristianismo, o que serviu para fortalecê-las ainda mais. O destino não quis que eu estivesse presente quando os senhores resolveram manter apenas os quatro evangelhos no Novo Testamento. Todos sabem que minha opinião diverge bastante do que foi aprovado, mas há alguns equívocos que talvez ainda possamos minorar.

– Equívocos? – perguntou o Bispo Ósius, menos para obter uma resposta, mais para fazer Árius continuar divergindo, afinal, eram amigos e partilhavam os mesmos propósitos.

– O primeiro dos equívocos se refere a Madalena. Sabemos, através de outros evangelhos, que ela era uma fiel discípula de Jesus. Não é justo mencioná-la como se fosse uma prostituta. Penso que essa é uma atitude derivada da prepotência masculina e do desprezo que judeus, e também nós, cristãos, temos pelas mulheres. Lembrai-vos: sem elas, não existiríamos.

Cochichos de rejeição. Árius prosseguiu:

– Há algumas preleções atribuídas a Jesus que devem ser abolidas para o bem da humanidade. Por exemplo: "Se alguém te bater, oferece a outra face". Isso só pode ser bom para os tiranos, para os que batem. É claramente mais uma forma de manter o povo submisso, humilhado.

– A humildade é um dom divino – rebateu Atanásio, irritado, apoiado por muitas vozes que lhe faziam eco. Então, persistiu: – Os evangelhos de Judas e de Madalena, assim como o de Tomé, são repletos de heresias. Para eles, Jesus era um homem como qualquer outro, apenas mais sábio, tão filho de Deus quanto todos nós. Isso não é uma heresia, senhores? Árius, não podes nos impingir tuas blasfêmias – concluiu inflamado.

Os ânimos novamente se exacerbaram. Quando finalmente o ambiente acalmou, novo assunto ganhou espaço: o uso do crucifixo como o principal símbolo cristão. Novamente foi Árius quem se opôs à vontade geral.

– Os bons astrólogos sabem que estamos vivendo a Era de Peixes, que teve início, mais ou menos, quando Jesus nasceu. Pelos Evangelhos, ele mesmo usava o símbolo da Era, os peixes, com o qual os cristãos se identificavam. Um crucifixo com um deus morto não traz bons... odores.

Alguns bispos se sentiram atacados, como se seus enormes crucifixos cheirassem mal. Outros fizeram menção de abandonar a reunião, diante de tanta blasfêmia. Jesus crucificado como símbolo não chegou a ser posto em votação. Enquanto a assembleia se debatia, sem se importar com as manifestações antagônicas, o Mestre já atacava em outra frente. A reclusão na masmorra aguçara sua oratória:

– Também devemos retirar do Velho Testamento os livros e versículos que falam de Javé, um deus maldoso e cruel que castigava os povos com suas armas tenebrosas.

Consternação geral, os bispos estavam pasmos diante de tanta rebeldia, mas Árius sentia-se confiante, obstinado:

– A Bíblia está repleta de contradições. O deus do Velho Testamento é ira e o deus do Novo Testamento é amor. Como explicas isso?

Silêncio.

– Também proponho eliminar o primeiro dos dez mandamentos mosaicos, porque apresenta um Deus vaidoso, carente e fraco que necessita ser amado acima de tudo, sempre se colocando em primeiro lugar, um narcisista. Por que um ser onipotente precisa do reconhecimento e do amor incondicional da humanidade? Por que exige que as pessoas se ajoelhem diante dele?

– És enviado do demônio! – tachou o bispo da Macedônia, transtornado.

A taça derramou. Teria o Mestre ido longe demais? Atacar e negar o próprio Deus ultrapassava todos os limites de tolerância dos bispos. O ambiente só se acalmou quando o Bispo Alexandre logrou fazer-se ouvir.

– Sinto concordar em parte com Árius sobre o deus Javé. Por essa mesma razão é que devemos ver Jesus como uma face de Deus que irá equilibrar a crueldade de Javé. A Bíblia deve exaltar Deus e os Patriarcas, mas também um Deus forte, para se contrapor ao próprio Javé dos hebreus.

– Salve, Jesus! Viva o Cristo, senhor do universo, a luz do mundo, o caminho, o Messias, o Bom Pastor... – e todos os adjetivos milenarmente copiados do Padrão Hórus ganharam voz.

Ter ficado em isolamento na masmorra por muitas horas serviu para que Árius acumulasse um pungente anseio de expor-se, de encerrar aquele "faz de conta" que o Concílio ia se tornando. Quando o vozerio abrandou, ele retomou a palavra:

– Nesse quadro de ambições e privilégios, não há lugar para uma doutrina sadia que exalta a responsabilidade individual e ensina que o nosso futuro está condicionado ao empenho da renovação interior. Vós pedis aos fiéis simples adesão e submissão incondicional aos dogmas de uma igreja, diante dos quais, para uma perfeita assimilação, é necessário admitir a quintessência da teologia, ou seja, "Acredito, mesmo que seja absurdo".

Dessa vez, as reações foram muito enfáticas. Batiam os pés, gritavam "Satanás, Demônio, Lúcifer...", mas Árius continuou a expor suas teses, agora menos complacente, mais agressivo:

– Ouvi-me: a ideia da Santíssima Trindade é uma fábula para crianças. Vós insistis em dizer que Deus se apresenta de três modos diferentes, como o Pai, o Filho Jesus e o Espírito Santo. Então não temos um deus único, mas três. Isso foi inventado apenas para justificar a divindade de Jesus e da tal pomba que desenharam acima dele no batismo. É claro que não acredito que isso seja verdadeiro. Prestai atenção, nem sabemos se o Jesus bíblico existiu mesmo, porque não há prova alguma disso. Na época em que se diz que Jesus viveu, havia excelentes historiadores gregos e romanos. Consta nos anais da História que alguns deles veiculavam notícias da Judeia, e teriam ouvido falar de um jovem que fazia milagres naquela região. No entanto, não há uma só linha de nenhum historiador citando Jesus. Ora, se podemos inventar os evangelhos que desejarmos para a posteridade, bom seria criar uma realidade verossimilhante, eliminar pelo menos as mentiras mais gritantes.

Diante das altercações da plateia, antes que fosse linchado, Árius achou melhor calar-se. Mas o Bispo Alexandre, instigado por Atanásio, resolveu provocá-lo para que continuasse a expor e expor-se, pois sentia que naquele começo de noite havia uma predisposição clara para derrubar as ideias do Mestre.

– Tu dizes, prezado Árius, que Jesus não era divino, mas um filho de Deus como somos todos nós. Então por que te dizes cristão?

– Não gosto de rótulos. Sinto-me cristão porque compartilho da maioria dos ensinamentos atribuídos ao Cristo, mesmo sabendo que foram copiados dos textos de Zaratustra, o mestre persa. Não me importa a origem, se os ensinamentos vieram de um sábio ou de algum deus, mas importa que sejam benéficos para o povo. Para mim, é indiferente saber se a natureza de Jesus era humana ou divina.

Houve, então, um grande silêncio, único momento durante todo o Concílio em que os bispos se voltaram para si mesmos, refletindo sobre a afirmação de Árius. Até então, ninguém havia sequer mencionado ou contestado quaisquer dos ensinamentos que constavam dos evangelhos, como se fossem menos importantes do que estabelecer a divindade de Jesus. Atanásio, por fim, quebrou o inquietante silêncio:

– A biografia e a natureza de Jesus importam, sim, seus milagres, sua vida exemplar, sua castidade, e a ressurreição. Também importa a promessa de uma vida eterna ao lado dele, o perdão do pecado original e muito mais. Por que não podemos ter um Deus? Também concordo em parte com o julgamento do Mestre Árius sobre Javé, ele não é mesmo um deus muito confiável, por isso precisamos de Jesus!

Aplausos. Os bispos pareciam esquecer-se das palavras do Mestre, atraídos pelo cativante desempenho oral do jovem diácono, que sabia manipular as frases, timbre e ênfase, inflexões corretas com uma dicção clara, e a contagiante melodia de suas frases.

Árius retirou-se. Sentiu que não havia mais espaço para ele naquela reunião. As ideias de Constantino, endossadas por Atanásio e Alexandre, ganhavam mais predominância a cada nova assembleia. Antes que alcançasse a porta de saída, Árius foi surpreendido por Atanásio.

– Mestre Árius, espero que estejas bem, com boa saúde.

– Estou bem, Atanásio. Agradeço tua apreensão.

– Quero que saibas que fiquei muito triste e preocupado quando soube de tua prisão. Só um monstro faria uma coisa dessas. Chego a pensar que Constantino é a encarnação do mal.

– Constantino não é um monstro, muito menos a encarnação do mal. Todos nós temos nossos pontos fracos – o ciúme tem o poder de tornar o Imperador irascível. E depois, não podemos culpá-lo inteiramente por seus maus hábitos. Foi criado para ser assim, tal como é, um imperador romano. Desempenha seu papel. Não gosto de dividir a vida entre o bem e o mal. Nem eu sou o bem, nem ele é o mal. Somos apenas duas criaturas que seguem caminhos distintos, com diferentes potenciais e metas opostas.

Sem saber como se contrapor às palavras do Mestre, Atanásio despediu-se, refletindo sobre a dicotomia dos pensamentos.

10. *O Papa*

O Papa Silvestre não compareceu ao Concílio, embora tenha sido convidado, obviamente. A viagem de Roma a Constantinopla através de territórios inóspitos era longa, desgastante e até perigosa, mas o verdadeiro motivo de sua ausência em Niceia era a vaidade. Ele não suportaria ficar em segundo nível, pois sabia que a palavra do Imperador se sobreporia à sua, e tampouco seria o centro das atenções, como achava fazer jus. Entretanto, para que não se adjudicasse que ele era contra a realização de tal evento, enviou dois emissários para representá-lo, Vito e Vicente, presbíteros romanos, que levaram a Constantino a seguinte escusa: o Papa não estava com a saúde boa para empreender tal viagem.

Os presbíteros, acompanhados de seus pajens e escravos, partiram de Roma para Brindisi por terra. De lá, num barco pesqueiro, navegaram da Itália à Grécia, cruzando os mares Adriático e Jônico, e aportaram em Corinto. Em seguida, tiveram de atravessar toda a Grécia, do sul ao norte, no lombo de cavalos até que, exaustos, alcançaram as muralhas de Constantinopla. Lá, abrigaram-se no palácio de Constantino por uma noite. Gostariam de ficar mais tempo descansando, mas já estavam atrasados e o Papa não gostaria de saber que eles haviam perdido boa parte do Concílio. Por isso, logo cedo partiram para Niceia.

Dias depois, nos portões do palácio de Niceia, os guardas socorreram dois homens em péssimo estado, usando apenas trapos amarrados na cintura que mal lhes cobriam as intimidades – descalços, pés sangrentos e corpos descascando, queimados pelo impiedoso sol da estação.

— Somos representantes do Papa Silvestre – conseguiu dizer Vito, antes de perder a consciência de tanta fraqueza.

Os soldados riram, mas socorreram o homem, amparando seu corpo para que não tombasse ao chão.

— Pensais que somos tolos? O Papa jamais mandaria mendigos maltrapilhos para representá-lo – desdenhou um dos guardas.

— Juro por Minerva, fomos assaltados na estrada – implorou o presbítero Vicente – Tiraram tudo que tínhamos: os servos, os cavalos, as roupas e até as sandálias. – E baixando a voz: – Quase nos estupraram. Depois, tivemos de vir expostos ao sol, e ainda descalços. Sabeis como a estrada é pedregosa. Vede nossos pés!

— É, estão mesmo avariados – comentou outro guarda.

— Podeis verificar a lista de convidados, somos os presbíteros Vito e Vicente, enviados pelo Papa Silvestre. Chegamos atrasados para o Concílio porque... – e discorreram um rosário de desgraças que sobre eles se abateu durante o traslado.

Avisado da vinda dos aguardados emissários, Constantino mandou que fossem bem acolhidos, tratados e vestidos. Embora não gostasse da presença do Papa, mandara convidá-lo pró-forma, evitando, assim, conflitos com a Igreja que acabara de adotar, mas sabia que ele não viria. Passados três dias, os presbíteros já estavam aptos a caminhar, e foram conduzidos à presença do Imperador. Estavam eufóricos, iriam ver de perto o homem mais poderoso do mundo, até contiveram seus trejeitos afeminados.

— Bem-vindos ao Concílio, corajosos presbíteros! Devo considerar-vos mártires ou heróis pelo que tiveram de atravessar para cumprir a missão que o Papa Silvestre designou a vós?

Sensíveis e delicados como eram os dois mensageiros, lágrimas de regozijo borbotaram de seus olhos ainda fatigados da viagem. Serem reconhecidos pelo Imperador como mártires talvez fosse a glória máxima que um presbítero podia desejar. Sem esperar uma resposta, Constantino seguiu:

– Soube que vossa viagem durou meses, e que quase fostes... abusados pelos bandidos no trecho final entre Constantinopla e Niceia. Sinto muito. Trazeis algum recado especialmente para mim? – perscrutou o Imperador.

– O Papa mandou dizer-vos que está orando pelo sucesso desse evento que Vossa Majestade sabiamente patroneia, e que, de antemão, abençoa os frutos que vicejarão no Concílio – informou Vito.

– Agradeço. E quanto ao Concílio em si, o Papa fez alguma recomendação?

– Apenas três pedidos. O primeiro é para que se reconheça Jesus como Deus – disse Vicente, persignando-se.

– Quanto a isso, estamos de acordo. Todas as civilizações criaram um deus próprio. O cristianismo precisa do seu. Tenho certeza de que Jesus sairá deste Concílio como Deus – afirmou Constantino, bem convicto. – E o segundo pedido, o que seria?

– O Santíssimo Padre deseja que os sacerdotes não sejam obrigados ao celibato.

– Não tenho uma opinião definida sobre esse assunto. Nunca fui um sacerdote, mas, se fosse, não desejaria tamanha crueldade com o meu... – riu o Imperador.

– Penso o mesmo – aderiu Vito.

– Mas por que o Papa estaria preocupado com isso? – estranhou o Imperador.

Os presbíteros olharam-se indecisos, risinhos no canto dos lábios.

– É algum segredo? – insistiu o Imperador.

– É que o Papa Silvestre tem uma dama e um rapaz que frequentam a cama dele – revelou Vicente, corando a face.

– Mas isso não é um segredo para se guardar. Como sabemos, muitos bispos têm o mesmo costume. Sexo, de qualquer espécie, faz bem para a saúde.

Os presbíteros até sentiram vontade de bater palmas, mas se reprimiram. Ouvir aquilo do Imperador...

– E o terceiro pedido, qual seria?

– O Papa pede que meninos sejam autorizados a auxiliar os sacerdotes nos trabalhos religiosos.

– Posso saber por quê?

– Além de os meninos ajudarem os sacerdotes, é uma forma de preparar novas vocações. Pela proximidade com os clérigos, os garotos desenvolvem o interesse pelo sacerdócio. O próprio Papa recebe muitos meninos em sua casa para orientá-los.

Constantino ficou um tempo pensativo, imaginando como o Papa orientava os meninos. Por fim:

– Eu fiz questão de que este Concílio fosse realizado de modo democrático. Então, essas petições terão de ser transladadas aos bispos e submetidas às assembleias deliberativas.

– Assim faremos, Majestade – prometeram.

11. *Na água fervente*

Como era sua usança, Constantino saiu do palácio pela manhã para se exercitar a cavalo, escoltado pela guarda pessoal. A escrava Lídia, que estava de vigia a mando da Imperatriz, foi correndo avisá-la da saída do marido.

Fausta perfumou-se com lavanda, acendeu uma lamparina e entrou no túnel, desejosa de encontrar Kostólias. Deixou a porta entreaberta para quando voltasse da aventura. O marido não apareceria tão cedo, pelo menos, não antes do almoço. Teria tempo de acalmar sua libido.

Lazer imperial eternizado em jarra

A forte chuva da noite deixara as estradas de terra ao redor de Niceia em más condições. Buracos aqui e ali salpicavam o chão todo. Num deles, o cavalo de Constantino pisou, manquejou, cambaleou e, num movimento brusco, jogou o cavaleiro ao chão. A rigor, jogou o Imperador sobre um arbusto que amorteceu a queda e nenhum mal ele sofreu. No entanto, para que o mimassem, começou a gemer, como era de seu feitio.

O Chefe da Guarda, sempre atento às necessidades do Imperador, apressou-se em tomá-lo nos braços. No retorno ao palácio, com zelo, o transportaram à sua alcova e o deitaram na cama.

Naquele momento, o destino tramou contra Fausta. O marido percebeu que a porta do túnel estava destrancada, entreaberta; a passagem que mandara fazer para si mesmo, caso tivesse de escapar de algum ataque inimigo, fora invadida. A primeira coisa que lhe veio à cabeça foi exatamente o ocorrido. Fausta era uma das poucas pessoas no castelo que conheciam aquela saída. Sim, difícil admitir, mas sua jovem mulher não lhe era fiel, senão, por que recorreria ao túnel? Por que se evadiria do palácio furtivamente para que ninguém a visse?

– Devo chamar vosso médico, Majestade? – indagou o chefe da guarda, ainda preocupado com a queda do cavalo que o Imperador sofrera.

– Não, já estou melhor. Traz a escrava Lídia.

O Imperador recebeu Lídia de punhal na mão.

– Escrava, diz-me aonde foi minha mulher e com quem ela foi se encontrar, se não quiseres morrer agora mesmo.

Embora fiel à Imperatriz, Lídia embranqueceu de medo. A expressão de fúria do Imperador fez com que confessasse:

– A Imperatriz foi se encontrar com o cavaleiro Kostólias nas cocheiras.

Então, apesar de haver atendido à ordem do Imperador, foi por ele apunhalada diversas vezes até cair ensopada de sangue.

Constantino não queria deixar nenhuma testemunha da traição que sofria. Limpou o sangue do punhal, e convocou sua guarda pessoal, ordenando a retirada do corpo da escrava discretamente.

– Temos uma nova missão. Vamos fazer uma incursão às cocheiras, estou preocupado com a pata do meu cavalo – informou Constantino ao chefe da guarda.

Antes de sair, ele trancou a porta do túnel por dentro de seus aposentos, já arquitetava um plano malévolo. Como parte de sua vingança, ordenou que os trombeteiros que sempre anunciavam sua chegada o acompanhassem. Assim, pouco antes de chegarem às cocheiras, trombetas ressoaram nas ruas de Niceia.

Fausta, assustada, reconheceu a chegada do marido e fez justamente o que ele previa, correu para o túnel. Encontraram Kostólias simulando escovar um cavalo.

– Viste minha mulher, cavaleiro?
– A imperatriz Fausta? Não vi não, Majestade.
– Como é o teu nome?
– Kostólias.
– Então és tu? Jogai este malfeitor na masmorra – ordenou aos guardas. – Mais tarde cuidaremos dele. Faço questão de castrá-lo pessoalmente.

Antes de deixar as cocheiras, Constantino trancou a porta de saída do túnel. Resultado: durante dois dias, Fausta ficou presa na escuridão. No primeiro dia gritou muito, pedia clemência, mas, no segundo, sem comer ou beber, estava já sem forças. Todos no palácio e na cidade ficaram sabendo o que estava ocorrendo; os mais moralistas achavam que ela merecia o castigo por ser uma esposa traidora; outros, piedosos, desejavam vê-la liberta, mas Constantino não tinha ouvidos para o povo. O pajem-mor chegou a chamar Árius para apaziguar o Imperador, interceder por Fausta, mas o Mestre negou-se. Disse que não se metia em questões conjugais. O pajem apelou, então, para o Bispo Alexandre, o que de nada adiantou, apenas deu ao Imperador a oportunidade de descarregar sua raiva sobre ele, humilhá-lo.

No terceiro dia, na hora do almoço, Constantino abriu o túnel. Suja, os dedos sangrando de tanto arranhar a porta, Fausta estava caída, sem forças até para abrir os olhos, desacostumados de luz.

– Deves estar com fome, vadia. Vou levar-te para comer – e arrastou-a pelos longos cabelos até a cozinha. Nos corredores, pajens tapavam os olhos diante da cena que por eles desfilava. Na cozinha, as mulheres, e também as crianças, gritaram horrorizadas ao verem a Imperatriz naquele estado.

Cozinha do palácio

Água fervia num grande tacho de cobre destinado a pelar javalis. Então, para espanto dos criados, sem piedade alguma, o Imperador enfiou a cabeça da esposa na fervura e a segurou dentro até que os estertores da morte se aquietassem. Fausta morreu afogada, parcialmente cozida, a pele de seu rosto se soltou.

Logo depois, intentando evitar que a notícia do assassinato chegasse aos ouvidos do povo da cidade, o Imperador mandou reunir todos que estavam no palácio e ameaçou de morte quem ventilasse seu crime na cidade. Mas já era tarde. A notícia tinha se alastrado rapidamente.

Na manhã seguinte, o portão principal do palácio amanheceu maculado. Nele estava escrita com sangue de cordeiro a palavra "assassino". Os serviçais se apressaram em limpar a ofensa antes que o Imperador tomasse conhecimento dela e sua raiva recaísse sobre eles.

12. *Festa do Verão*

O historiador Eusébio de Cesareia se encontrava com o Imperador ao menos uma vez por semana, quando lia para ele o que escrevera sobre suas atividades nos dias anteriores. Naquela manhã, indagou-lhe:

– Majestade, como responsável por elaborar vossa biografia, que permanecerá na História até o fim dos dias, eu preciso saber o que escrever e o que manter no esquecimento.

– O que precisas resolver, caro Eusébio?

– A morte de Fausta. Teremos de dizer alguma coisa. A posteridade cobrará ao menos algumas linhas.

Constantino ficou pensativo por alguns segundos, maquinando uma resposta. Então disse:

– Eusébio, escreve assim: as cozinheiras do palácio estavam lavando o chão, quando Fausta foi gerenciar a cozinha. Descuidada, como sempre, escorregou no piso ensaboado e, infelizmente, caiu sobre um tacho de água fervendo... A Imperatriz não suportou o acidente e faleceu, para a tristeza de todo o Império, especialmente de seu esposo, que muito a amava.

– Perdão, Majestade, mas devo alertar-vos de que o povo já sabe da verdade.

– O quê? Tens certeza?

– Pelo que escreveram nos portões com sangue de cordeiro...

– Ousaram escrever nos portões?

– Perdão, Majestade, pensei que soubesseis...

– O que escreveram?

– Apenas a palavra "assassino".

Em vez de explodir num ataque de fúria, como era seu costume, Constantino sentiu a notícia como uma pancada no peito; então se curvou dolorido, cansado, tivera um dia difícil. Por que desrespeitá-lo assim? Justo ele que fizera o possível para agradar o povo daquele lugar, inclusive lá realizando o Concílio para promover um avanço no comércio local e trazer mais vida para a cidade... Sentiu-se traído novamente pelas esposas e pelo povo de Niceia. Era um daqueles dias em que desejaria ser um mero mortal...

– É melhor que vos deiteis, Majestade. Quereis que eu chame vosso médico?

– Não, o que mais preciso agora é de conselhos. Diz-me, Eusébio, o que posso fazer para retomar a confiança do povo desta cidade?

Uma pergunta difícil de responder. Eusébio arrependeu-se de ter dado a notícia do sangue nos portões do palácio, não queria estar ali naquele momento: se pudesse, fugiria. Como aconselhar um homem que não hesitava em apunhalar uma escrava ou ferver a cabeça viva de sua esposa? Poderia tomar um conselho como uma agressão... E depois... O que sugerir para amenizar o desprezo do povo? Então, como historiador acostumado a memorizar datas, teve uma lembrança salvadora: a Festa do Verão. O Imperador poderia presentear a cidade de alguma forma.

– Presentear... Bem pensado! Já sei, vou conquistar essa gente pelo estômago! Peças ao mestre da cozinha que faça um farto cardápio do que for necessário para agradar o povo. Mandes buscar tudo em Constantinopla e onde mais for preciso. Que nada falte! Grande ideia, não achas, Eusébio?

– Maravilhosa, Majestade.

Constantinopla recebia toda a sorte de alimentos oriundos das mais variadas proximidades: javalis e veados originários das terras banhadas pelo Mediterrâneo, cabras montanhesas trazidas da Cordilheira do Taurus e cereais que provinham das bandas orientais nas margens do rio Eufrates. Os pescados eram trazidos do Mar de Mármara, não distante dali. Dois dias antes da festa, o comboio que trazia tais alimentos e diversos barris de vinho grego chegou à praça central de Niceia. Os condutores esperavam encontrar os moradores lá para receber os presentes; a praça, porém, estava vazia, com exceção de dois homens que, sentados num banco, observavam a cena atentamente.

Os nicenos tinham sido comunicados sobre a dádiva do Imperador, e decidiram não aceitá-la. Podia ser ele o maior imperador da Terra, mas não receberiam alimentos de um assassino cruel. Pobres, sim, coniventes, nunca. Em todo caso, se mantiveram na espreita dentro de suas casas para ver os fatos se apresentarem. Viria o Imperador em pessoa, espada em riste, vingar o ultraje que lhe impunham?

Um impasse estava criado. O que fazer com toda aquela abundante provisão de alimentos? Os animais tinham sido sacrificados naquela manhã ou na véspera. Se as carnes não fossem temperadas, logo estragariam, as verduras e frutas apodreceriam ao Sol, que andava a pino. O comandante do comboio não sabia se descarregava os alimentos ali mesmo, ou se devia retornar a Constantinopla com tudo. Comunicar ao Imperador, nem pensar, temia aproximar-se dele e levar a culpa pela desfaçatez do povo. Para sua boa sorte, não foi preciso fazer nada. Sabedor da chegada dos alimentos, Constantino foi à praça pavonear-se, posar de benfeitor.

Raiva era a força que dominava o cérebro do Imperador com mais facilidade. Diante da praça vazia, todo o seu corpo estremecia ao proferir insultos contra os ausentes. Os dois homens que apreciavam a cena divertiam-se. Obviamente não eram cristãos, pelo que gritaram:

– Que povo é esse que come o corpo e bebe o sangue de seu salvador em celebrações? – disse alto o suficiente um deles, para que o Imperador o ouvisse.

– Canibais! – gritou o outro, o que só fez aumentar a fúria de Constantino, que atiçou os guardas contra eles.

Bons conhecedores das vielas de Niceia, os homens escaparam gargalhando.

Vielas de Niceia

13. *Diálogo*

Os alimentos trazidos de Constantinopla foram levados para dentro do palácio. Para rivalizar com a Festa do Verão do povo, o Imperador resolveu patrocinar outra, mais rica, no palácio – uma festa bem romana. Os bispos nunca comeram tanto, e novamente foram envolvidos pela gula e pelo sexo. Os que ainda eram ascetas, enojados, retiraram-se do palácio e foram apreciar a festa popular.

Árius observava as danças e as canções que o povo realizava na praça, quando avistou Atanásio sentado num banco. Aproximou-se, acomodando-se ao lado dele.

Primeiro, olharam-se em silêncio. Atanásio tentou falar para quebrar o impacto que o encontro lhe causava, mas só conseguiu tossir. Nunca antes haviam se encontrado a sós. Sentiu um misto de calor crescente com um frio assustoso que lhe percorreu a espinha. Foi Árius, com um largo sorriso, quem abriu uma conversa.

– Alegra-me ver que não estás na festa do Imperador junto aos demais, Dom Atanásio.

– Por quê? És contra esses... – procurava Atanásio a melhor palavra para descrever o que lhe desgostava...

– Bacanais? – completou Árius. – Não, não sou contra. Sexo é uma força natural que deve ser liberada sempre que possível, desde que não cause danos físicos ou mentais a ninguém. Não é por haveres abandonado os bacanais que me alegro ao ver-te. Alegro-me porque não é sempre que tenho a oportunidade de conversar em particular com alguém com mente tão brilhante.

Instrumentos da época

— Agradeço tuas gentis palavras. Reputo deploráveis os hábitos romanos, inclusive aqueles que pervertem nossos sacerdotes. Dizem que o sexo faz bem para a saúde, que equilibra as emoções... desculpas. Parece não haver limites a orgias frequentes, nas quais até incesto e sexo com animais são incentivados.

— Meu caro Atanásio, como bem sabes, os soldados romanos chegam a passar anos sem retornar às suas esposas, o que é um incentivo ao homossexualismo e a outras práticas. Como as mulheres não vão à guerra, a pederastia é recorrente nos povos guerreiros. O clamor sexual precisa ser liberado de algum modo. Alexandre, o Grande, havido como o maior guerreiro de todos os tempos, fazia questão de lutar ombro a ombro com seu amante. Além do prazer da companhia, um protegia o outro na batalha. Depois que Constantino aceitou o cristianismo, os bispos não tardaram a adotar os costumes dos soldados, os mesmos hábitos. Além disso, no convite que o Imperador fez para que viessem ao Concílio, pedia aos bispos que não trouxessem mulheres a Niceia, assim...

Atanásio, com sua mente ágil, vasculhava as palavras nas frases que acabara de ouvir.

– Mestre Árius, antes da suposta conversão de Constantino, de cuja autenticidade duvido muito, os sacerdotes eram ascetas, não se deixavam fisgar pela luxúria. Embora naqueles tempos fôssemos perseguidos e assassinados, sinto saudade. Podia-se confiar no comprometimento vocacional, no chamado divino a um sacerdote.

– A História não anda para trás. É inevitável, temos de viver no presente.

– O Bispo Alexandre, meu padrinho, diz que, sem atividade sexual, o homem pode até enlouquecer. Por que antes, quando era asceta, ele não enlouquecia? Não posso concordar. Digo isso por experiência própria, sou celibatário e não sou louco. Também és celibatário, não és, Mestre Árius?

– Sim, mas não como tu. A diferença entre nós é que eu abandonei o sexo por ouvir meu corpo, e tu abandonaste por escutar tua mente, submissa às Escrituras.

– O que queres dizer por ouvir teu corpo?

– Quero dizer que vivi todos os meus desejos até os 60 anos, quando escutei meu corpo que dizia "Chega!". A mente ainda queria forçá-lo, mas impedi que isso acontecesse. Hoje sou livre da força sexual. Posso até usá-la, se desejar... Nada me impede de admirar belos corpos, saborear a beleza também é um ato sexual. Já tiveste alguma intimidade física com alguém?

— Nunca. Desde a adolescência, sigo o exemplo de Jesus.

— Uma decisão mental. Eu desconfio da mente, ela pode nos levar à repressão de nossas necessidades reais.

— Então, achas que eu devia me entregar à promiscuidade?

— Nossa sociedade vê com naturalidade um homem ter esposa e também amantes masculinos, ou que se case e tenha filhos. Consideram que a função das mulheres se restringe a parir e criar soldados. Entretanto, ninguém é obrigado a seguir as tendências de nossa cultura. Tu és dono de ti mesmo, podes fazer o que quiseres, mas, em teu lugar, eu experimentaria alguma atividade sexual, vais gostar. O sexo é a melhor brincadeira já descoberta. E depois, não é bom alimentar o medo aos instintos.

Talvez chocado por aquela sugestão, talvez com medo de extravasar seus desejos descontroladamente, ali mesmo, assustado com a forte atração física que o Mestre exerce sobre ele, Atanásio despediu-se e foi tentar dormir. De madrugada ainda rolava na cama, imagens de corpos atravessavam a tela de sua mente, e uma frase se repetia: "Não é bom alimentar o medo aos instintos".

14. *Matrimônios*

Assim que se proclamou a morte da Imperatriz Fausta, belas e jovens donzelas começaram a se apresentar em Niceia, candidatas esperançosas de desposar o Imperador. Vinham acompanhadas dos pais para que tudo fosse feito dentro da ordem romana, uma barganha. O casamento era uma das principais instituições da sociedade romana e tinha como principal objetivo gerar filhos legítimos, que herdariam a propriedade e o *status* dos pais. Entre as classes mais prestigiadas, servia também para selar alianças de natureza política ou econômica.

Desinteressado, Constantino achou melhor ignorá-las, mas mudou de ideia quando soube que algumas eram belíssimas, e então instituiu um concurso – as donzelas deveriam dançar para ele. Ao anoitecer, após a ceia, aconteceu a competição na sala do trono. Constantino convidou alguns bispos para participarem do espetáculo, aqueles mais luxuriosos.

As pretendentes, minimamente vestidas, entraram todas de uma vez, umas dez. Ao som de cítaras, flautas e tambores, elas se esforçavam para exibir graça e sensualidade. Depois de um bom tempo, Constantino escolheu três delas, as mais lindas, e pediu que as demais fossem retiradas. Novamente fez com que as três escolhidas dançassem. Desta vez, as jovens esmeraram-se mais, sentindo-se honradas com o incentivo do Imperador de serem as preferidas. Satisfeito, Constantino bateu palmas e a música cessou.

– Vós três sois igualmente belas, seria um prazer ter-vos como esposa. Entretanto, preciso da concordância de vossos pais para um pedido que tenho a fazer – e dirigiu-se a Estefanos: – Pajem, traz os pais destas donzelas à minha presença.

Os pais vieram satisfeitos, suas filhas estavam entre as favoritas. Afinal, ser pai de uma imperatriz seria um presente dos céus, as regalias, a proteção, o prestígio... Sorrisos escancarados, eles se apresentaram diante do Imperador, que iniciou um breve discurso:

– Como sabeis, fui casado duas vezes e, infelizmente, também fiquei viúvo ambas as vezes. Em nenhum dos casamentos fui feliz. À noite, nos momentos mais íntimos, é que a compatibilidade entre um casal é testada. Para que desta vez não haja nenhum engano, para que eu não venha a sofrer com outro casamento desastroso, proponho que cada uma das três escolhidas passe uma noite comigo, para eu ter a certeza de que serei bem atendido no futuro.

Tomados de surpresa, pois jamais haviam concebido tal item de contrato matrimonial, os pais ficaram paralisados por algum tempo sem saber o que dizer; afinal, para eles, interpelar um imperador não era simples.

– E então, o que dizeis? – insistiu Constantino, pressionando os pais.

– Mas a minha filha ainda é virgem, tem apenas treze anos – disse um deles.

– A minha também é virgem, quinze anos.

– A minha não é virgem, mas é a mais jovem, apenas doze anos. Também é a mais bela. Concordais comigo, Majestade? – perguntou o terceiro, mostrando qual delas era sua filha.

Então, diante de alguma hesitação dos pais em permitir que suas filhas fossem defloradas pelo Imperador, o Bispo Macarius, um dos convidados, interveio:

– Qual pai não se sentiria honrado por ter uma filha deflorada pelo Imperador?

Silêncio breve. Absorvendo positivamente as palavras do Bispo, os três pais concordaram com a exigência de Constantino, afinal, quanto valia a virgindade comparada à possibilidade de se tornar imperatriz?

– Antes de encerrar este evento – adiantou-se Constantino –, devo dizer que percebi como meus amigos bispos ficaram interessados nas outras donzelas que se apresentaram. Assim, talvez lhes interesse desposar algumas, com o consentimento dos pais, é claro – sugeriu Constantino.

Teste de compatibilidade

Com exceção das três separadas para o Imperador, as demais donzelas voltaram ao salão para dançar novamente diante dos olhares libidinosos da seleta plateia. Escolhas feitas, os bispos resolveram seguir o exemplo de Constantino e exigir o teste de compatibilidade. Casamento, só depois!

Como o povo diz: "quem não tem cão, caça com gato". Os pais se convenceram de que, se não podiam ter um genro imperador, seria bom ter um bispo na família e entregaram as filhas.

Depois de experimentarem as moças, o Imperador decretou que os casamentos seriam realizados ao encerramento do Concílio, quando, então, revelaria sua preferida. Até lá, os testes de compatibilidade deveriam prosseguir. Os bispos aclamaram a decisão de Constantino e adotaram a mesma proposta: casamento, só depois!

15. *Apocalipse*

O Concílio voltou a funcionar, agora com a presença dos emissários do Papa, os presbíteros Vito e Vicente. Tímidos, sentindo-se inadequados pelo fato de terem chegado atrasados para o evento, mantiveram-se quietos, porém maravilhados, nunca tinham visto tantos homens atraentes num mesmo espaço. Naquela tarde, o primeiro assunto a ser tratado foi a inclusão no *Novo Testamento* do *Livro das Revelações* ou *Apocalipse de São João*. Dessa vez, Árius se manteve calado durante boa parte da reunião, sabia que, qualquer que fosse sua opinião, seria voto vencido. No entanto, o Bispo Marcus ergueu seu corpanzil com dificuldade e condenou a aprovação daqueles textos:

– O *Apocalipse* é coisa de louco! Quem levará a sério uma Bíblia com tamanho disparate? Deixe-me ler apenas dois versículos do capítulo 13 desse livro para que percebeis o absurdo: "E vi levantar-se do mar uma besta que tinha sete cabeças e dez chifres, e sobre os chifres, dez diademas, e sobre suas cabeças, nomes de blasfêmia. E a besta que eu vi era semelhante a um leopardo, e os pés como de urso, a crina de leão. E o dragão deu-lhe sua força e um grande poder...".

– Podemos saber o que queres com essa leitura? – interrompeu o Bispo Alexandre, que se encontrava na direção do evento.

– Tu já tentaste imaginar esse bicho, uma mistura de muitos outros? Quem escreveu esses pesadelos deve ter bebido muito ahoma, ou vinho demais. É coisa de gente louca, bêbada ou alucinada. Dragões... São histórias para assustar criancinhas.

Bestas do Apocalipse

– Não é apenas para assustar criancinhas, é um aviso de terríveis acontecimentos que sofrerão todos os pecadores quando o Messias retornar. É também um meio de inculcar o temor a Deus. Quem não teme a Deus, arderá no fogo do inferno – proclamou Atanásio.

Não conseguindo mais conter-se, Ário se manifestou:

– Estais a criar uma religião macabra!

– E como seria uma religião saudável, caro Mestre? – interpelou Atanásio, ironicamente.

O Mestre deu-se um tempo para organizar as ideias: o que conviria abordar naquele momento? Sabia que seria vencido, qualquer que fosse a tese que defendesse, mas, se era para atender ao desafio de Atanásio, de quem aprendia a gostar, aproveitou a ocasião para introduzir um novo assunto:

– Uma vez que foi mencionado o uso do ahoma, provavelmente responsável pelas alucinações de João ao escrever o Apocalipse, quero propor que não useis essa substância durante a missa ou qualquer outra celebração com fins religiosos.

– Por acaso, és contra o uso do ahoma, a bebida sagrada? – questionou o Bispo Alexandre.

– Não, não sou contra, apenas entendo que o ahoma só deve ser usado como diversão. É bom para entreter e promover a união das pessoas. Mas religião é algo que depende de fé. Quando alguém tem uma fé muito intensa, fica predisposto a acreditar em qualquer coisa irreal, mesmo que não possa ver ou sentir o objeto da crença. Sob o efeito desse chá, os fiéis são levados a crer nas imagens que veem, e também nas palavras de um padre ou falso mestre, que, assim, pode levar os discípulos a endeusá-lo, ou colocar em suas cabeças as mentiras que desejar. O ahoma muito se presta a manipulações.

Houve novamente um desassossego, muitos bispos gostavam de beber o ahoma antes das missas, alguns davam também para os fiéis para que a missa se tornasse mais interessante.

– Religião e alucinógenos sempre estiveram relacionados. A experiência religiosa já nos tira do estado natural e nos predispõe a acreditar em ilusões óbvias. Se acrescentarmos o ahoma, podemos perder o contato com a realidade e viver num mundo imaginário – completou Árius.

Muitos prós e contras, mas, ao final da discussão sobre o tema, decidiu-se deixar a critério de cada sacerdote o uso ou não do alucinógeno, considerado sagrado por muitos que ali estavam. Cansado de ver derrotadas as suas propostas, Árius decidiu abordar uma tese que, assim pensava, certamente agradaria ao bispado.

– Sou contra a proposta que proíbe os sacerdotes de se casarem. Penso que todos devem ter a liberdade de casar-se, ter filhos, enfim, constituir família e, sobretudo, vivenciar o sexo.

Subitamente irritado com a proposta do Mestre, Atanásio interveio:

– Cada pessoa que decide se entregar ao sacerdócio cristão, tem o dever de buscar a imitação de Jesus. Ele não era casado, não tinha filhos, era casto, livre dos prazeres do corpo.

Vito e Vicente, que até então se mantinham silentes, viram no assunto o momento de se manifestarem. Foi Vito quem falou:

– Primeiro, queremos nos apresentar: sou o presbítero Vito e meu colega é o presbítero Vicente. Somos emissários de Sua Santidade, o Papa Alexandre I.

Como haviam ensaiado, Vicente acrescentou:

– O Papa Alexandre nos incumbiu de pedir a Vossas Excelências que não aproveis cânone algum que proíba os sacerdotes de se casarem.

A euforia dos não ascetas naquele momento sobrepujava as rezingas dos que ainda permaneciam resistentes em ceder aos desejos da carne.

– Tenho ouvido muitas histórias de atos pecaminosos, praticados por sacerdotes que se dizem celibatários. Tudo o que é reprimido torna-se veneno, perversão. Sou a favor que se dê livre curso a essa força tão natural, o sexo – acrescentou Árius.

Foi a vez dos bispos autoproclamados castos reagirem, sentiram-se acusados de perversão sexual. Outros, talvez porque praticassem atos impróprios para sacerdotes, calaram-se, como se houvessem sido descobertos.

Aproveitando o breve silêncio que se instalou, Vicente fez-se ouvir:

– Sua Santidade, o Papa Silvestre, também pediu que se aprovasse a permissão para que meninos ajudassem os padres durante as celebrações.

– E podemos saber o porquê dessa recomendação?
– Como disse o Papa: "Além de os meninos ajudarem os sacerdotes, é uma forma de preparar novas vocações. Pela proximidade com os clérigos, os garotos desenvolvem o interesse pelo sacerdócio".
– E podem ser facilmente manipulados e até abusados – contrapôs Atanásio.

A resposta de Atanásio demonstrava que, pouco a pouco, Árius conseguia lançar alguma luz, clarear a consciência de alguns bispos, fazê-los pensar nas consequências de suas decisões, mas, de fato, não lograva aprovar suas convicções em votação.

Novamente nada ficou aprovado naquela noite, com exceção da anuência de quase todos de deixar cada sacerdote decidir por conta própria se devia ou não usar o ahoma em suas missas.

16. Expulsão do Paraíso

O Sol de verão levantava cedo, o domingo amanheceu belo. Constantino saía para seus exercícios matinais quando deparou com um grande movimento de pessoas nas ruas. Em vez de dirigir-se para fora dos muros da cidade, aonde costumava se exercitar, quis se inteirar do que se tratava – o povo a se aglomerar no anfiteatro grego.

O lugar fora construído a mando de Alexandre, o Grande. Era um espaço semicircular, plateia em degraus, tudo de pedra. Séculos antes, por amor às artes dramáticas, os gregos tinham construído anfiteatros em quase todas as cidades que conquistaram durante a expansão de seu Império. No presente, eram usados não apenas para apresentações teatrais, mas também para cerimônias religiosas e outras atividades públicas. O Imperador não conseguia se aproximar, tamanha a massa humana. Mesmo de longe, podia ouvir que alguém falava, mas, pela distância, não distinguia quem.

– Vê de que se trata – ordenou o Imperador a um dos homens de sua guarda.

O guarda abriu caminho na multidão até reconhecer quem era o centro das atenções naquela manhã.

– É o Mestre Árius falando ao povo. Dizem que ele faz isso todos os domingos desde que chegou a Niceia. É um encontro de cognição.

– Cognição?

– Ele defende a tese de que a única evolução humana vem por meio da cognição, do conhecimento – explicou outro guarda, o mais letrado da corporação.

Pela primeira vez, o Imperador percebeu o verdadeiro poder do Mestre de atrair multidões. Sim, sim, com alguém como ele ao seu lado facilitaria por certo implantar o cristianismo em todo o Império. Cooptar o Mestre era urgente... Talvez uma ceia, sim, uma ceia particular.

Quando recebeu o convite, dois dias depois, Árius entendeu que talvez fosse um estratagema para envolvê-lo em algo indesejável. Que mais poderia querer agora o Imperador? Que abrisse mão de suas ideias e o obrigasse a um acordo? O poder era a principal arma de Constantino, não podia ignorá-la. Atendeu ao chamado e, como imaginava, foi recebido com as habituais mesuras que o anfitrião demonstrava quando queria adular alguém.

– Prezado Árius, talvez estejas pensando que eu te convidei para este encontro para fazer outra confissão de pecados. Não mesmo! Tenho minha consciência limpa, matar uma esposa traidora nunca foi crime. Quanto a Lídia, era apenas uma escrava. Mas isso agora não importa mais. É preciso deixar o passado para trás. Penso assim desde meus tempos de guerreiro.

– É uma atitude saudável.

Árius conhecia-lhe a fama de valente guerreiro, alardeada aos quatro cantos pelos admiradores do Imperador, pois ele sempre se colocava à frente da batalha junto com a cavalaria.

– Como podes ver, Árius, estou só. Depois que minha amada esposa se foi para o lado de Jesus, esta tem sido minha pena: comer sozinho. Ainda não me acostumei, por isso chamei-te para fazer-me companhia.

– Mas Vossa Majestade deve desejar algo mais do que simples companhia – atreveu-se Árius.

– Não mesmo, sem outras intenções – contestou Constantino, desviando sutilmente o olhar. – Mas, já que estamos aqui, por que não tornar útil nosso encontro, usufruir um pouco de tua sabedoria?

O convidado sabia, é claro, qual era o problema que o Imperador queria ver solucionado, já estava, porém, cansado de defender suas teses sobre a humanidade de Jesus. Para escapar das recorrências, desviou-se para um novo assunto:

– Majestade, gostaria de saber o que pensais desta frase muito repetida entre nós, cristãos: "Jesus morreu na cruz para pagar por nossos pecados, para nos salvar".

Constantino hesitou por algum tempo, temia, claro, expor sua ignorância diante do Mestre. Por fim, disse a melhor coisa que lhe veio à mente:

– Penso que Jesus atraiu para si todos os pecados do mundo e, por isso, perdeu a vida, sofreu na cruz uma forma de castigo para nos salvar.

– Não pensais que essa é uma ideia muito fantasiosa? – interpelou Árius.

– Em matéria de religião, aprendi que não há limites. Tudo pode acontecer se Deus quiser. Ah! Lembrei-me: Jesus morreu na cruz para livrar a humanidade do pecado original.

– E o que seria esse pecado original na vossa opinião? – Árius insistiu.

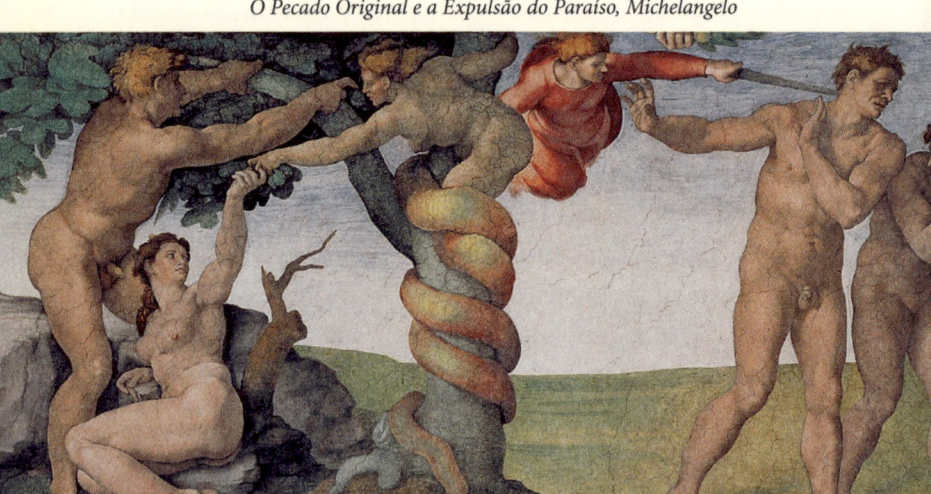

O Pecado Original e a Expulsão do Paraíso, Michelangelo

– O fato de Adão e Eva terem comido o fruto da Árvore do Conhecimento. Por isso foram expulsos do Paraíso, do Éden, todos sabem disso.

– No entanto, nós, que conhecemos o Velho Testamento, sabemos que todos os versículos que se referem a uma relação sexual usam a palavra conhecer. "Adão conheceu Eva". Então, a Árvore do Conhecimento nada mais é do que a sexualidade. Como pode ter sido o coito um pecado tão grande que fez toda a humanidade ser culpada por isso?

– Nunca me ocorreu tal reflexão – admitiu Constantino.

– Além disso, no Velho Testamento da Bíblia consta que Deus diz: "Crescei e multiplicai-vos, e enchei a terra". Ora, se ele mesmo mandou que se multiplicassem... Se Adão e Eva não se "conhecessem", não existiria a humanidade.

Constantino não teve uma resposta que, mesmo a ele, satisfizesse.

– Posso vos fazer outra pergunta, Imperador?

– Claro! E chama-me de Constantino, se quiseres.

– Onde pensais que fica o Jardim do Éden?

– No Paraíso, é claro.

– E onde seria o Paraíso?

– Isso eu não sei dizer, mas talvez seja no céu, além das nuvens.

– No livro de Gênesis está escrito, não rememoro agora em qual dos capítulos, que o Éden se situa entre os rios Eufrates e Tigre, ou seja, não muito longe daqui.

– Tendes certeza? – duvidou Constantino.

– O Éden era a cidade-centro do comando dos extraterrestres.

Houve um silêncio bem longo, Constantino buscando na mente o que dizer, enquanto os pajens lhes serviam quitutes.

– Cá entre nós, não sou muito letrado como tu, meu caro Mestre. Nunca tive chance de estudar a respeito desses alienígenas. A vida de um imperador romano é árdua, sem tempo para si mesmo. Desde pequeno, sempre que eu perguntava alguma coisa relacionada aos extraterrestres, me diziam que era tudo mentira, lendas. Gostaria de saber mais sobre os alienígenas. O que podes me contar sobre eles?

– Posso contar-vos o que dizem os textos sumérios sobre a criação da humanidade. Para que entendais bem, vou precisar alongar-me, entrar em detalhes. Quereis ouvir, Imperador Constantino?

– Estou muito curioso. Se já terminaste de comer, passemos à sala de saraus, onde poderemos relaxar enquanto ouço essa história.

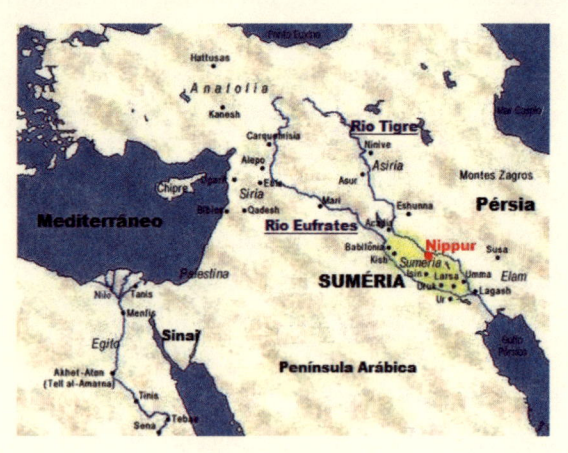

Localização da Suméria

17. *Épico da Criação*

Antes de continuar seu relato, extraído das plaquetas sumérias, Árius perguntou:
– Constantino, tendes aqui o primeiro livro da Bíblia, o *Gênesis*?
Constantino voltou-se para o pajem Cássio, que sempre estava à sua disposição, e tudo ouvia.

Olho de Hórus

– Cássio, apanha os papiros do *Gênesis* – ordenou-lhe.
Cássio não tardou a encontrar o que lhe fora pedido. Árius buscou nas escrituras o texto que lhe interessava.
– Majestade, vós vos lembrais daquele texto que eu recitei de cor durante a ceia, sobre os filhos dos deuses copulando com as filhas dos homens?
– Sim, me lembro.
– Então vede como eu estava sendo fiel ao texto – disse, mostrando-lhe os papiros do *Gênesis*.
– Coisa esquisita para estar na Bíblia. Os filhos de Deus copulando com as filhas dos homens? Eu nunca antes tinha ouvido falar nisso.
– Exatamente. Os pregadores sempre se esquecem de mencionar aquilo que não lhes interessa que os ouvintes saibam – justificou o Mestre. – Posso prosseguir, Majestade?
– Sim.
– A Bíblia usa os termos *Nefilim* e *Elohim*, palavras plurais com

o mesmo sentido – *os que vieram dos céus*. A palavra correspondente no idioma grego é *deuses* – Árius enfatizou a última palavra.

– Deuses? Estás a me dizer que os deuses gregos que viviam no monte Olimpo eram alienígenas?

– É o que diz o *Épico da Criação*, obra ditada pelos alienígenas de Nibiru aos escribas da Suméria há mais de 10 mil anos, escrita em linguagem cuneiforme.

Então Árius passou a narrar a seguinte história:

– Nessa obra ficamos sabendo que, há 500 mil anos, a espécie dominante em Nibiru, chamada de anunnaki, já alcançara um

Enki, o Senhor da Terra

nível tecnológico mais elevado do que temos agora. Usavam sapatos com os quais podiam voar, viajavam numa espécie de barco voador que ia de um planeta a outro, e sabiam produzir as espécies animais ou vegetais de que necessitavam. Os deuses venerados por todas as antigas civilizações eram viajantes espaciais com um soberbo conhecimento e o desejo de encontrar ouro.

– Por que eles viriam de tão longe pelo ouro? – quis saber Constantino, subitamente mais interessado, pois a palavra ouro tocava num ponto fraco, a luxúria.

Árius prosseguiu:

– Nibiru possui inúmeros vulcões que expeliam gases e adensavam a atmosfera, aquecendo e protegendo o planeta de radiações externas que poderiam prejudicar a vida. No entanto, os vulcões diminuíram suas atividades e buracos começaram a surgir na atmosfera. A brilhante solução que encontraram para fechar os buracos foi lançar no espaço uma grande quantidade de ouro em pó.

– Lançar no espaço? É claro que cairia de volta. Essa eu não engulo, é coisa inventada! – replicou Constantino.

– Talvez eles já soubessem como fazer o ouro não cair.

– Nem dá para imaginar. De qualquer modo, estou apreciando tua narrativa, Mestre Árius, por favor, prossegue.

– O príncipe Enki foi o primeiro a vir para a Terra. Apaixonou-se pelo planeta e decidiu dedicar sua vida a ele. Na região entre os rios Tigre e Eufrates, na Mesopotâmia, ele criou muitos povoados e fortalezas, entre eles o Éden e Nippur, onde foi instalado o primeiro centro de controle espacial da missão.

– Controle espacial? – Constantino enrugava a testa num esforço mental para acompanhar a narrativa.

– Depois de alguns milênios de exploração, as reservas de ouro do Golfo Pérsico se esgotaram, mas Enki havia encontrado uma solução para o dilema. Ele já conhecia bem este planeta e descobriu que no sudeste do continente africano havia muito ouro, mas que estava sob o solo, o que exigia um trabalho mais pesado, ou seja, a mineração tradicional pelo método da escavação.

O príncipe Enlil também veio à Terra. Legítimo herdeiro do trono em Nibiru, ficou com o comando geral da Terra, confortavelmente instalado em Nippur.

Enki ficou com o controle sobre o continente africano e a tarefa de explorar o ouro subterrâneo. Também mandou descerem à Terra mais anunnakis operários a fim de realizarem as escavações. Iniciou o trabalho de exploração de ouro no sudeste da África, local que foi batizado de Abzu.

Estabeleceram uma rota que existiu por um longo período. O minério vinha de navio da África até a Mesopotâmia, onde era refinado. Barcos de carga transportavam o ouro para Marte, onde fizeram uma cidade para uma escala do voo de Nibiru à Terra. De lá era levado a Nibiru.

– Como pode um barco voar, caro Mestre?

– Sinceramente, Majestade, não sei. Estou contando o que está escrito.

– Está bem, continua.

– O deus judaico Javé ou Iahweh é Enlil, um alienígena.

– Aquele deus maldoso do Velho Testamento?! – exclamou o Imperador.

– Enki é o benfeitor da humanidade, enquanto Enlil tramou várias vezes nossa destruição, talvez por inveja, porque éramos obra de seu irmão. Devo continuar, Constantino? Pareceis fatigado...

– Não, estou bem. Essa história está ficando muito interessante. Mas está moendo meus miolos. Continua.

– Os deuses-operários, anunnaki plebeus, cumpriram uma pesada tarefa nas minas da África por dezenas de milênios. Eram extremamente resignados, mas não incansáveis. Realizaram a primeira revolta terrestre perto do ano 300 mil a.C. Não só paralisaram o trabalho nas minas de Abzu, como também se deslocaram para a Mesopotâmia e se lançaram contra a guarda particular de Enlil. Conseguiram cercar sua casa, prontos a arriscar suas vidas em troca de seus objetivos coletivos. Sua queixa era conhecida, porém o que pediam os mineradores era inédito: queriam que encontrassem um *lulu amelu* para substituir os deuses nas minas.

– Foi então que resolveram escravizar o homem para trabalhar para os deuses, certo? – quis adivinhar o Imperador, já envolvido pela narrativa.

– Não foi bem assim.

– Os lulus eram cães?

– Não. "Lulu amelu" eram palavras que significavam "trabalhadores primitivos". Depois das dramáticas lamentações e furiosas ameaças de Enlil pelo ataque dos mineiros à sua casa, o príncipe Enki resolveu aplacar a ira do irmão e informou ao pai, Anu, que na Terra não havia os tais lulus, mas que ele poderia criá-los. Com a autorização do soberano e com a ajuda de sua irmã Ninmah, Enki realizou a experiência nas minas de Abzu.

Enki havia descoberto na África o mais evoluído de todos os animais terrestres daquela época. Era uma espécie de hominídeo, um macaco evoluído. Ele sabia que aquela espécie podia ser usada como base para a criação de trabalhadores primitivos. Experimentaram o cruzamento de machos anunnaki com fêmeas primatas sem sucesso.

Então, Enki informou a seus pares:

– Será necessário apelar para a manipulação médica.

– Que assim se faça! – sentenciou Anu.

Criar um trabalhador primitivo era em si uma façanha extraordinária, porém Enki queria mais. Não desejava apenas criar um fantoche manipulável. Queria que o novo animal tivesse sua imagem e semelhança. Quis também transferir para sua criatura algo mais elementar e duradouro, o *teema*, um termo que significa, literalmente, "aquilo que abriga o que liga a memória". Mais tarde, *teema* aparece na versão da língua acadiana como *espírito*.

Retiraram o óvulo de uma macaca e fertilizaram com o esperma de Enki. Então, ele introduziu o óvulo fecundado no ventre de Ninmah, sua irmã. Enki quis usar uma anunnaki na gestação para que ela completasse a impressão das qualidades anunnaki no novo ser.

Nasceu, então, o primeiro homem a quem Enki chamou de Adamu, um ser belo, à sua imagem (corpo) e semelhança (espírito). Anu aprovou a experiência e solicitou que se fizessem muitas duplicatas de Adamu.

– Inacreditável! Como é possível retirar um óvulo de alguém?

– Como eu disse no começo, eles eram muito mais evoluídos do que nós, podiam até voar. Deviam saber como fazer isso. Espero que no futuro a humanidade também venha a saber.

Inúmeras duplicatas de Adamu foram criadas, masculinas e femininas. Entretanto, todos que nasciam eram produtos híbridos, sem a capacidade de reprodução.

Muitos lulus foram criados em Abzu. Embora tivessem semelhança física com os anunnaki, tinham o corpo peludo, andavam

Criação do Homem

nus e pastavam no chão. Bebiam água, curvando-se sobre poças. Eram tratados como outros animais e praticavam a sodomia entre si e com outros bichos. Mas podiam falar, compreender ordens e executar tarefas. Eram domesticáveis e tornavam-se obedientes, perfeitos para todos os trabalhos que lhes destinassem.

– Coisa interessante! Nunca tinha ouvido falar disso – comentou Constantino, pedindo que o pajem lhe servisse mais suco de fruta. – Este verão está muito seco, falta de umidade no ar. Também desejas mais suco, Árius? Façamos uma pausa, não estás cansado?

– Cansado não, mas gostaria de mais suco, minha garganta está seca.

– Então, continua a história, que é intrigante, sem dúvida.

Após refrescar a garganta, Árius seguiu:

– O príncipe Enlil era contra que se desse aos terrestres a capacidade reprodutiva. Aproveitando que ele fora passar umas férias em Nibiru, Enki e sua irmã Ninmah se propuseram novamente a resolver o problema. Era necessário dar aos lulus a capacidade de autorreprodução, a *sabedoria* no sentido bíblico da palavra.

Primeiro, foi necessário criar uma fêmea reprodutora. Desse processo nasceu a primeira mulher fértil. Enki deu à fêmea o nome de Eva, que significa *aquela que dá vida, que pode parir*.

Adamu e Eva eram compatíveis e reprodutores. A palavra Adamu, ou Adão, significa imagem, e se tornou um termo genérico para designar os machos humanos. A palavra Eva designava as fêmeas de um modo geral.

Diante da expressão carregada de espanto do Imperador, Árius fez uma pausa.

– Quereis descansar, Constantino? Podemos continuar noutro dia.

– Não, estou gostando dessa história. Apesar de ser difícil aceitar que se retirou um óvulo de um ventre, se fecundou e se colocou noutro ventre, mas prossegue, Mestre Árius.

Quando Enlil regressou, a humanidade havia se multiplicado exponencialmente, e povoavam o Éden.

– Enlil deve ter ficado confuso ao ver tantos humanos num só lugar, não concordas, Árius?

– Enlil tornou-se uma fera! Aqueles novos seres arrogantemente parecidos com a família real, conspurcando a imagem do Éden com suas tendas e míseras construções, o deixaram muito encolerizado. Temia que a nova espécie pudesse alcançar um grau de evolução suficiente para escapar da escravidão e desejar a longevidade. Sem o consentimento de Enlil, Enki dera aos lulus o sexo reprodutivo – uma afronta às suas ordens. Sem pestanejar, Enlil expulsou os humanos do Éden.

Expulso do Éden pela divindade Javé/Enlil, a precoce humanidade espalhou-se pela Europa, Ásia e outros continentes. Vede o que diz o capítulo 2 do *Gênesis*: "Javé Deus plantou um jardim em Éden, e aí colocou o homem que modelara... Um rio saía de Éden para regar o jardim e de lá se dividia formando quatro braços. O primeiro se chama Fison, o segundo é Geon, o terceiro rio se chama Tigre, que corre pelo oriente da Assíria, e o quarto rio é o Eufrates".

A história que ouvia parecia ampliar a luz em seu cérebro, e agilizava o raciocínio do Imperador.

– Impressionante! O Paraíso era aqui mesmo – ele concluiu.

– Eu devia ter lido o *Gênesis* com mais cuidado, mas continua.

– Quem construiu a cidade à qual deu o nome de Éden foi o príncipe Enki, que foi conhecido por dezenas de milênios como o pai criador da humanidade, assumindo diversos nomes, de acordo com a linguagem dos lugares por onde passava. Assim, ele era Enki na Suméria, Ptah no Egito, Vivashvat na Índia, Poseidon na Grécia, Netuno em Roma... Enquanto Enlil era Baal na Suméria, Indra na Índia, Zeus na Grécia, Júpiter em Roma, Javé ou Jeová em Israel...

Com o passar do tempo, Enlil, hábil político, logrou inverter os papéis aos olhos do povo hebreu, que difundiu a ideia de ser ele o deus único e rotulou Enki de Satanás.

Tentando digerir o que acabara de ouvir, Constantino parecia olhar para dentro de si. Sentiu um estalo dentro da cabeça, como se um novo espaço se abrisse.

– Então, na verdade, Satanás é o Javé.

– Satanás não existe, mas Javé era o irmão malvado.

– Meu caro Mestre, essa é uma história fascinante. Cá entre nós, bem mais plausível que a do *Gênesis*. Então, todos esses deuses que a história nos ensina eram apenas extraterrestres... Assim, ela desmoraliza o *Gênesis* bíblico, obra dos judeus.

– Exatamente!

– Temos mesmo que adotar o *Velho Testamento*? Eu acho que nossa nova religião deve afastar-se da religião hebraica. E precisamos culpar os judeus pela morte de Cristo – sentenciou o Imperador.

– Isso será mais uma mentira na base do cristianismo, típica da Era de Peixes. Sabe o que mais me preocupa, Majestade?

– Diz.

– Acho perigosa a proximidade do estado com a religião. Vós sois, ao mesmo tempo, o Imperador, senhor de todo o Império Romano do ponto de vista material, e também o verdadeiro papa da nova igreja católica. Tal união, Igreja-Estado, poderá nos levar até a um derramamento de sangue em nome de Deus.

– Também fazes profecias, Mestre Árius? – questionou Constantino, levemente contrariado.

– Profecias não, apenas prevejo eventos, a partir da observação da realidade e da História.

O Imperador ergueu-se, dando a entender que a conversa terminava ali:

– Agradeço muito por tudo o que me ensinaste. Nunca esquecerei esta noite. Agora precisamos ambos descansar as mentes. Boa noite, Mestre Árius.

18. *Credo*

Tarde de espetáculo, o anfiteatro grego estava repleto, uma companhia teatral viera de Atenas para uma apresentação. O próprio Imperador fora convidado, um gesto de aproximação. O povo estava arrependido de ter perdido toda aquela comida na Festa do Verão, sem falar dos vinhos... Também se arrependeram da desfeita que fizeram ao Imperador. Precisavam retomar os laços de amizade com o poder, eram eles os perdedores. Como conseguir que Constantino pagasse os custos para abrir uma estrada ligando Niceia ao litoral do Mar de Mármara? Era um velho sonho da cidade, passar uns dias na praia.

Anfiteatro grego

Adornaram o centro do primeiro degrau do anfiteatro com um belo tapete persa para que o Imperador se acomodasse. Acostumado a se fazer esperar, chegou atrasado, e, para agradá-lo, nada teve início antes. Constantino trouxe consigo o pajem Estefanos para fazer-lhe companhia durante a apresentação teatral. Antes mesmo do início da encenação, perguntou a este:

– Estefanos, pensas que é bom encenar tragédias? As comédias são muito mais interessantes, nos fazem rir e não nos trazem preocupações. Para que embelezar as desgraças com uma dramatização?

– Perdão, Majestade, de teatro nada entendo.

– Mas devias! O teatro é uma fonte de cultura.

O primeiro a aparecer em cena foi Dionísio, ou melhor, um ator usando sua máscara, pois era comum que um deus apresentasse o espetáculo, tragédia ou comédia. Naquela tarde, o espetáculo que os atores ofertavam era a tragédia *Édipo Rei*, do grego Sófocles.

Terminada a apresentação, o povo estava emocionado, em contraste com a frieza que o Imperador demonstrava. Este comentou:

– Achei esse Édipo um homem muito fraco. Pelo simples fato de haver se acoitado com a mãe, furou os olhos. Nenhuma mulher merece tamanho sacrifício, não achas, Estefanos?

– Certamente, Majestade – concordou o pajem, como sempre fazia.

– Mas sabes do que eu gostei? Da engenhosidade do tal Sófocles ao inventar a história, repleta de vaivéns, incríveis coincidências, coisa difícil de fazer, me desafiou a também escrever algo.

O Imperador passou aquela noite em vigília, desafiado a criar alguma coisa. Na manhã seguinte, bem alegre, chamou o Bispo Alexandre e comunicou-lhe o fruto de sua insônia. Pediu-lhe, ainda, que fizesse a apresentação de sua obra na primeira reunião do Concílio que ocorresse.

E assim foi feito. O Bispo Alexandre abriu a reunião com o pedido do Imperador:

– Na noite passada aconteceu um milagre. Nosso Imperador recebeu a visita de um anjo do Senhor, que lhe ditou uma nova oração que todo cristão deve rezar, assim como o Pai Nosso dos evangelhos. Seu nome é *Credo*. Diz assim: "Cremos em um só Deus, Pai todo poderoso, Criador de todas as coisas, visíveis e invisíveis; e em um só Senhor, Jesus Cristo, Filho de Deus, gerado do Pai, unigênito, isto é, da substância do Pai, Deus de Deus, Luz da Luz, Deus verdadeiro de Deus verdadeiro, gerado, não criado, consubstancial do Pai, por quem todas as coisas foram feitas no céu e na terra, o qual por causa de nós homens e de nossa salvação desceu, se encarnou e se fez homem, padeceu e ressuscitou ao terceiro dia, subiu aos céus e virá para julgar os vivos e os mortos; e creio no Espírito Santo".

O Bispo Marcus lá estava para fazer alguma oposição, juntamente com os bispos da Líbia, amigos de Árius, que se mantinha calado.

– Acho estranho o trecho que afirma que Jesus virá para julgar os vivos e os mortos. Quer dizer que todos os que já morreram ainda não foram nem para o céu nem para o inferno. Estão esperando onde?

Novo burburinho. Alguns gritavam: no purgatório. Outros diziam: no limbo. Alguns achavam que devia haver uma espécie de sala de espera...

– Essa frase surgiu por causa daquele livro do *Apocalipse*, baseado em alucinações. Jesus nunca disse isso! – argumentou um bispo da Líbia.

– Na cruz, Jesus prometeu ao ladrão ao seu lado que naquele mesmo dia estaria no paraíso ao lado dele. Então só esse ladrão foi direto para o céu? – argumentou o Bispo Marcus. – Estamos criando uma Bíblia repleta de contradições. Discordo desse credo, mais uma oração para quê? Porque orar, fazer pedidos ou agradecer? Deus precisa ser avisado do que precisamos?

– Orar é um gesto de humildade – afirmou Atanásio, olhando para Árius, desejando ver se ele retrucaria sua declaração.

Árius não se fez de rogado e respondeu:

– Se Deus é onisciente, deve saber de que precisamos, não há por que pedir. Há quem defenda o ato de orar como uma porta para um estado de meditação. No Oriente, as pessoas repetem uma palavra ou frase, durante um bom tempo, um mantra, e, assim, alcançam um estado de silêncio mental. Mas a nossa curta oração do "Pai Nosso" e essa outra que o Imperador inventou servem apenas como doutrinação, catequese. E por que não foi incluída nesse credo a frase: "Creio em seus ensinamentos"? Tal omissão é o reconhecimento de que não acreditam que os ensinamentos vieram dele, mas que foram copiados de Zaratustra. Não creio nesse "Credo".

Ninguém se deu ao labor de contradizer o Mestre. A maioria dos bispos estava mais preocupada em afagar o Imperador. Assim, seu Credo, com ligeiras modificações formais, foi aceito pelo Concílio e integrado ao cristianismo para sempre.

19. *Incêndio*

Desde que conversara a sós com Árius, os pensamentos do jovem Atanásio eram invadidos pela sugestão que este lhe dera de experimentar alguma atividade sexual. Desde então, tal assunto se intrometia em suas ideias, não conseguia pensar livremente como outrora. Muitas vezes por dia sentia-se excitado, o que antes não acontecia com tanta frequência – não estava acostumado a isso, incomodava.

O Concílio já se estendia por quase dois meses. Muito ainda devia ser resolvido. O Bispo Ósius abriu a reunião, dando a palavra a quem quisesse propor algum tema ainda não discutido. Era o momento para que Atanásio trouxesse à assembleia o tema que o perturbava – sexo.

– Sexo é uma força natural. Devemos dar livre curso às suas manifestações – disse o Bispo Macário de Jerusalém.

– Os ascetas são pervertidos – gritou outro bispo com desdém.

Todos se manifestavam ao mesmo tempo, e o assunto inflamava os debates, quando uma rajada de fumaça escura invadiu o recinto pelas janelas abertas. Muitos bispos se amedrontaram.

– É o demônio. Viste no que dá falar em sexo... – reclamou um asceta fanático.

Pela primeira vez, Atanásio enfrentava uma oposição tão severa pelo tema que apresentara. E essa inesperada fumaça? Mais lúcido, tentou acalmar os bispos que já começavam a apavorar-se. A fumaça trazia a sensação de mais calor. Somada ao clima quente, fez muitos bispos suarem e, para se livrarem de parte das túnicas que vestiam, abandonarem o recinto.

– Calma! Calma! Parece que é apenas um incêndio lá fora. De fato, do lado de fora, uma casa próxima ao palácio era consumida pelo fogo. Vizinhos jogavam baldes d'água sem sucesso. O lugar abrigava uma casa que preparava papiros para escrita, grande alimento para as chamas. Vários bispos foram ver de perto, uns para ajudar, outros para apreciar a beleza do fenômeno. De repente, do meio da fumaça surgiu uma mulher, ligeiramente chamuscada, escapando das chamas. Gritava:

– Salvai meus filhos, ficaram lá dentro!

A batalha contra o fogo estendeu-se. Não houve, porém, sobreviventes, três crianças carbonizadas foi o que encontraram. Alguns bispos tentavam confortar a mulher, que murmurava:

– Foi um milagre! Deus me salvou daquele inferno de chamas!

– Tens certeza de que foi mesmo Deus quem te salvou? – provocou um aldeão, adorador do mestre persa Zaratustra.

– Tenho. Quando as chamas me cercaram, pedi a Deus que me salvasse. Ele atendeu minha prece, uma porta caiu e me deu passagem.

– E por que ele não salvou teus filhos? Esqueceste de pedir por teus filhos? – insistiu o aldeão.

– A graça divina favorece a uns e não a outros. Cada um tem o que merece – respondeu o Bispo Alexandre, ali presente.

– Quer dizer que Deus salvou a mãe e matou os filhos? A mãe porque deve ter uma história ilibada, e os filhos porque eram pequenos pecadores. É isso?

– Quem matou as crianças foi o demônio – contrapôs o Bispo Alexandre.

– Então o demônio é mais poderoso do que Deus. Ganhou de três a um! – ironizou o homem, forçando um riso inadequado.

O Bispo Alexandre não encontrou palavras para responder. Preferiu retirar-se, chamando os demais bispos que lá estavam para que voltassem ao salão de reuniões.

Já no salão, o Bispo Ósius tentava retomar a assembleia, mas grande parte dos bispos resistia, não queriam tratar do assunto sexo.

– É coisa do demônio. O incêndio, a fumaça negra eram sinais de que Satanás está nos rondando – argumentou um.

Atanásio não se conteve:

– Não posso acreditar que estás com medo do demônio. Os Salmos do rei Davi dizem: "Ainda que eu andasse pelo vale da morte, não temeria mal algum, porque Tu estás comigo, Tua vara e Teu cajado me consolam". Não crês nisso? Devias temer a Deus e não ao demônio.

– É pornográfico esse texto, "Tua vara e teu cajado me consolam" – declarou o Bispo Ósius, e prosseguiu: – De qualquer modo, estamos realizando este Concílio nos moldes democráticos, assim, se a maioria não quiser continuar...

– É sempre bom não tentar o demônio. E depois, essa tarde está quente demais, nem conseguimos pensar direito – finalizou o Bispo Alexandre.

Acalorados, os bispos escaparam da reunião e foram se banhar nas termas. Atanásio viu-se novamente sozinho com seu dilema sexual. Em suas fantasias, ouvia demônios cochichando-lhe obscenidades, e quando passava por pessoas, as despia com a imaginação.

20. *Punição*

As assembleias se estendiam demais. Muitos debates, pouca decisão. É verdade que apenas alguns sacerdotes realmente se interessavam pela religião, mais ocupados em obter melhores títulos na hierarquia da Igreja. Também se encontravam envolvidos com a vida amorosa, iniciada com os novos amantes encontrados no Concílio e, por eles, estenderiam o evento indefinidamente. Além disso, os bispos não apreciavam a ideia de despedir-se daquela vida de mordomia que o palácio imperial lhes ofertava.

Constantino estava impaciente, tinha mais obrigações a cumprir como soberano de um grande Império. Algumas vezes teve de regressar a Constantinopla para resolver querelas provenientes de ataques dos bárbaros nas fronteiras do norte. Então, deu um ultimato aos bispos:

– Exijo que termineis as votações amanhã!

No dia seguinte, logo cedo, Árius recebeu um recado: Constantino mandava chamá-lo. O que seria dessa vez? Estaria o Imperador se tornando dependente dele, de seus conselhos, de suas histórias? Ou seria para admoestá-lo por suas posições na desenvoltura do Concílio?

– Árius, mandei chamar-te porque estou muito preocupado com o curso do Concílio.

– E o que vos preocupa, Imperador?

– O que mais me preocupa é o arianismo, são as tuas ideias!

– E por quê?

– Já faz dois meses que estamos nesse Concílio. O Bispo Alexandre me disse que as coisas não andam mais depressa por tua culpa.

Soube que vários temas ainda não foram aprovados por causa de tuas interferências. Parece que os bispos temem discordar de tuas posições, como se pudesses rogar-lhes uma praga terrível. Podes?

– Mesmo que eu tivesse tal poder, não o usaria. Assim como estão querendo fazer com Jesus, hipocritamente preenchendo sua trajetória com atos sobrenaturais, fazem comigo o mesmo; quando se encantam com alguma coisa que digo ou faço, pensam que é milagre.

– Soube que ficaste contra a inserção do *Apocalipse de São João*, também contra o uso do ahoma e a favor do casamento para sacerdotes. Até o credo, que eu...

Constantino calou-se antes de dizer que havia recebido a oração dos anjos. O Mestre devia saber que era mentira. Então, revelou:

– Até o credo que eu inventei tu ridicularizaste.

– É que há nele afirmações absurdas, incoerentes.

Jesus e o símbolo do Sol Invictus atrás da cabeça

– Prezado Mestre Árius, para mim, de um ponto de vista pessoal, não interessa a divindade de Jesus, nem do deus Javé. Aliás, tudo indica que esse Jesus que adoram nunca existiu. Apesar de haver-me declarado cristão, nunca vi a tal cruz no céu. Quem vê coisas no céu além de nuvens, o Sol, a Lua e as estrelas, só pode ser louco, não concordas?

– Esquecestes-vos dos pássaros.

– Exatamente. Eu continuo fiel ao meu deus, o Sol Invictus, tanto que até hoje não fui batizado no cristianismo, como sabes. Já observaste o que pintam por trás da cabeça de Jesus? Como todos sabem, o círculo com a cruz é o símbolo do Sol, não é?

– Jesus é apenas uma representação humana do Sol, a verdadeira luz do mundo.

– Entretanto, hoje em dia, esse Cristo que estamos elaborando tem maiores atrativos que o Sol para penetrar na alma do povo. Diz, Mestre, qual outra religião oferece tantas vantagens? Vida eterna, perdão dos pecados, liberdade para fazer o que quiser e depois se arrepender...

– Talvez seja mesmo a única com tantos atrativos.

– Preciso que o cristianismo cresça em todos os territórios que conquistamos através de uma história bem relatada sobre Jesus. Preciso unificar meu Império e estou seguro de que essa religião pode ajudar nesse sentido.

– Creio que não precisais preocupar-vos com isso, Majestade. A maioria dos bispos segue Atanásio e aprovará as teses dele, que parecem ser também as vossas.

– Mas tu tens grande poder sobre o povo. O arianismo vem dominando o pensamento cristão há várias décadas por tua causa. Soube que pregas que o conhecimento é mais fecundo do que a fé, e isso agrada o povo. Preciso do teu poder para ajudar a defender as ideias de Atanásio – disse o Imperador, finalmente abrindo o jogo.

– Impossível! – contestou Árius com firmeza.

– E posso saber por quê?

– Sinto muito, Constantino. Posso até calar-me, mas defender o que pedis não consigo, minha consciência não deixaria.

Como ocorria sempre que era contrariado, Constantino avermelhou-se. Teve de segurar o ímpeto de dar uma bofetada no Mestre. Respirou fundo, controlou-se para continuar falando:

– Admiro tua coragem de negar um pedido de um Imperador que há pouco não hesitou em afogar... – abandonando a frase pela metade, assumiu uma postura mais firme e, imperiosamente, num tom autoritário, determinou: – Em nome do Império Romano e da Igreja Católica, e também em meu nome, ordeno-te que jures obedecer ao meu pedido.

Não havia dúvida de que o Imperador poderia mandar matá-lo, se não o fizesse ele mesmo, com as próprias mãos. Com a destreza acumulada durante anos na prática de lutas, talvez pudesse desarmar Constantino e fugir. Mas para quê? Facilmente seria capturado pela guarda do palácio. Então, reviu sua vida em poucos segundos e concluiu que já estava pronto para morrer. Permaneceu calado, com o olhar fixo nos olhos de seu possível algoz.

Constantino estremeceu com o silêncio inesperado do Mestre, seu olhar, e temeu ser rigoroso demais em suas ameaças. Apesar de ele dizer que não rogava pragas, por via das dúvidas, seria melhor não provocá-lo. Apenas sentenciou, sem olhá-lo na cara:

– Não quero ser alvo de tuas pragas, não vou matar-te, como deveria. Mas te digo: estás proibido de se manifestar na última reunião do Concílio que acontecerá nesta tarde.

Árius recebeu a sentença sem pestanejar. Sabia que mais cedo ou mais tarde isso iria acontecer. Afinal, conseguiria pouco apoio para suas ideias. Os bispos não buscavam a verdade. Teria de esperar outra oportunidade para continuar sua luta. Apenas despedindo-se, disse:

– Amanhã mesmo deixarei Niceia.

Mas, quando o Mestre se retirou, Constantino sentiu-se mal. Algo parecia ter-lhe ficado atravessado na garganta, no peito. Seria mais um erro que acabara de cometer? Também ponderou, amedrontado, que aquela incômoda sensação talvez já fosse sintoma de alguma praga que o Mestre lançara sobre ele.

21. Conclusões

Naquela tarde, Árius não apareceu para participar da última reunião do Concílio. Estranharam sua ausência, indagaram, e o Bispo Alexandre contou que ele fora proibido de participar. Muitos protestaram, a presença do Mestre era revigorante, estimulava o pensamento, talvez porque proferisse tantas "heresias" que os fazia deparar com assuntos que, de outro modo, nunca discutiriam.

Apresentação das resoluções do Concílio de Niceia

Quando soube da punição imposta ao Mestre, Atanásio esperou que a assembleia terminasse e foi procurá-lo sem sucesso. Então recorreu a Marcelus para conseguir um diálogo particular, mas a resposta não veio logo.

Por que tanta demora? Será que Árius não queria vê-lo? Queria muito encontrá-lo antes que partisse... ia pensando, remoendo o temor de não ser aceito pelo Mestre. Inquieto, resolveu mover-se, tentar falar com o Imperador. Usaria sua influência sobre o Bispo Alexandre, quem tinha livre acesso ao soberano. Atanásio pediu-lhe que intercedesse por ele e lhe conseguisse uma entrevista. Obteve.

– Perdão, Majestade, por vir importuná-lo. Estou preocupado com o paradeiro do Mestre Árius – Atanásio foi direto ao ponto ao se encontrar com o Imperador.

– Esse Mestre é cabeça dura, não aceita meus pedidos, ignora que sou o Imperador e que posso mandar executá-lo quando quiser. Eu o impedi de continuar interferindo no Concílio. Ele disse que parte amanhã.

– Que pena! O Mestre era muito útil nos debates, nos fazia aprofundar as teses.

– Achas mesmo? Eu até poderia perdoá-lo, bastava que ele me atendesse... Se ele não voltar atrás, não quiser acatar meu pedido, será expulso da Igreja Católica.

– Se Vossa Majestade me permite, vou tratar de convencê-lo a entrar num acordo com os demais bispos. Em vosso nome, direi a ele que será perdoado, posso?

– Tens minha autorização – confirmou o Imperador, desejoso de que Atanásio tivesse sucesso, pois aprendera a respeitar a sabedoria do Mestre e almejava sua ajuda para disseminar o cristianismo.

E agora? A tarefa que teria junto ao Mestre era, de antemão, inglória. Como convencer alguém tão sábio a mudar suas crenças? Implorar? Tampouco estava apto a humilhar-se a tal ponto, depois de tantas contestações que impuseram um ao outro. E depois, outras razões de cunho emocional gritavam em seu peito – temia que o homem que tanto o atraia fosse embora, expulso da Igreja.

Ao deixar a presença do Imperador, encontrou-se com Marcelus, que trazia uma resposta de Árius:

– O Mestre pede que o encontres no alto do bastião norte do palácio. Está lá desde que foi impedido pelo Imperador de participar das sessões. Deve estar refletindo, meditando... enfim, ele disse que lá tereis mais privacidade.

Mais privacidade? Quais seriam as intenções do Mestre? Um encontro sem testemunhas, no mesmo lugar em que, dois meses atrás, ele o observava a exercitar-se? Não, não podia ser o que estava pensando ou desejando, Árius já deixara claro que abandonara a sexualidade...

O Sol já baixara no horizonte. Do alto da torre, lado a lado, avistavam toda a cidade, as casas acendendo velas e lamparinas. O plenilúnio, a clarear telhados e ruas, exacerbava emoções. O céu estava limpo, infinito. Lá embaixo, o movimento da cidade já cessara, todos a buscar o aconchego de suas moradas. Uma revoada de periquitos circulou sobre as árvores da praça, retornando aos seus ninhos com seu canto estridente que preenchia todo o espaço. A sós, envoltos pela brisa perfumada dos jasmins palacianos, os dois sacerdotes sentiam a presença um do outro em silêncio.

O coração do jovem parecia querer explodir. Estranhas sensações percorriam seu corpo, que esquentava, mas tremia. Para tentar livrar-se da insuportável ansiedade, abriu a boca:

– Constantino me pediu que nos encontrássemos para ver se entraríamos num acordo. Penso que ele esteja com medo das pragas que poderias rogar-lhe, talvez até queira voltar atrás na sentença se também mudares tua opinião.

– Esse Imperador acha que sou igual a ele, que não sabe onde pisa. Minha crença vem de muitas décadas de dolorosos desapegos e desilusões. Vou-me daqui amanhã bem cedo. Este nosso encontro é uma despedida, serei exilado.

Atanásio se manteve calado por algum tempo, a tristeza tomava conta de seus pensamentos, afinal, embora em lados distintos, apreciava sentir aquela presença, mesmo que lhe gerasse tamanha inquietude.

– Hoje, na última sessão, votamos assuntos que devo informar-te – disse Atanásio. – O Imperador exigiu que realizássemos a última assembleia, resolvendo todos os assuntos pendentes e encerrando o Concílio. Argumentou que já havia passado mais de dois meses e estava cansado.

– Cansado de quê?

– Ele se acha responsável pelas resoluções do Concílio.

– E ele é mesmo o responsável por qualquer coisa que tenham aprovado, mas cansado... Como foi a reunião, conseguiram resolver tudo?

– Penso que sim.

– Pelo jeito, conseguiu aprovar tuas teses. Parabéns!

– Queres saber o que foi resolvido, Mestre?

– Sim.

– A primeira e mais importante tese, a divindade de Cristo, foi colocada em votação. Perdemos. Parabéns! Mesmo na tua ausência, o arianismo venceu.

– Mesmo?

– Entretanto, quando Constantino soube do resultado, adentrou de repente no salão, furioso, e perpetrou terríveis ameaças caso não revertêssemos o placar. E, para ser mais convincente, apelou para o recado vindo de Roma: "O Papa Silvestre mandou avisar que Jesus deve ser eleito Deus".

– E reverteram a votação?

– É evidente que sim. Num segundo escrutínio, os bispos que haviam votado contra a divinização, se abstiveram. Então, vencemos com apenas dois votos contrários, dos dois bispos da Líbia, amigos teus, que resolveram enfrentar o Imperador. Também já foram expulsos da Igreja e exilados.

– Fico alegre em saber que houve, pelo menos, alguma resistência.

– O dia de hoje, 25 de julho, tornou-se uma data importante. O colégio de bispos decidiu que Jesus não era humano, mas o Deus único todo-poderoso, onisciente e onipresente.

– Não será o primeiro homem a ser deificado por humanos. Mas continua, por favor. Que mais?

– Além das propostas antes aprovadas, decidiu-se que voltariam a partilhar da Bíblia os seguintes livros: *O Livro da Sabedoria*, atribuído a Salomão, o *Eclesiástico*, as *Odes de Salomão*, e outros mais. A maioria dos livros que antes faziam parte do cristianismo ficou definitivamente fora, livros importantes para tuas teses, como o famoso *Livro de Henoch*, o *Livro da Ascensão de Isaías* e os *Livros III e IV dos Macabeus*.

– Quais foram os motivos para excluir esses livros das *Escrituras* definitivamente? Será que nossos "santos bispos" se acham superiores aos Apóstolos e mártires que vivenciaram de perto os acontecimentos relacionados a Cristo e ao judaísmo? De que poder esses mesmos "santos" se revestiram a ponto de afirmar que alguns textos evangélicos não representavam os ensinamentos e a Palavra de Deus? – questionou Árius.

– Os motivos não foram muito convincentes, confesso. Mas tem mais – continuou Atanásio. – Foi aprovado que se deve adotar o Padrão Hórus em todos os detalhes, ou seja, Jesus terá uma história semelhante à do deus egípcio. Foram também aprovados vinte cânones, regras que devem seguir os sacerdotes e seus seguidores. O Cânon III foi o mais polêmico. É sobre o casamento dos sacerdotes. O texto ficou assim: "Nenhum sacerdote deverá ter uma mulher em sua casa, exceto sua mãe, irmã e pessoas totalmente acima de suspeita".

– Um convite à depravação, um incentivo à pedofilia e até a crimes – resmungou Árius.

Tendo sido aprovado pelo Concílio que os sacerdotes deveriam manter o celibato, os bispos tiveram de abdicar de suas futuras esposas, as jovens que eram aspirantes a imperatriz, com as quais tiveram belos momentos de "compatibilização". O Imperador declarou que, em solidariedade aos bispos, também abdicaria do casamento, embora não se comprometesse a abandonar a vida sexual. As inconsoláveis e desonradas noivas foram mandadas para seus lares de origem, seus pais praguejavam. Atanásio retornou às informações que oferecia ao Mestre.

– Também ficou aprovado o uso da cruz com a imagem do Cristo sacrificado como símbolo máximo do cristianismo, e também a introdução do *Livro das Revelações*, ou *Apocalipse de São João*.

Poucas vezes como agora, via-se o Mestre Árius com a testa franzida. As notícias eram péssimas. Mas logo se refez e voltou ao diálogo. Estavam debruçados na mureta do bastião norte. Uma ave noturna passou trinando perto deles. Podiam sentir a respiração um do outro. Uma onda de calor tomou conta de Atanásio, e o Mestre percebeu.

– Pensaste naquele conselho que te dei, Atanásio?
– Sim. Desde aquele dia venho refletindo a respeito. Concluí que talvez tenhas razão. Não devo temer o sexo.
– Então vais experimentar, ou já o fizeste?
– Não, não, faltou coragem... Eu cheguei à conclusão de que não conseguiria ficar nu diante de uma mulher...
– Pensas que seria mais fácil com um homem?

Atanásio deteve-se por alguns instantes, envergonhado por dar uma resposta que poderia comprometê-lo. Por fim, disse:

– Sem dúvida, diante de um homem seria mais fácil despir-me.
– Então, procura um homem.
– Tenho medo de ser alvo de escândalo, de ser rejeitado. Nem sei como aproximar-me de alguém com essa intenção.

– Há entre nós alguns bispos, presbíteros e diáconos que preferem homens, são adeptos da sodomia. Nenhum deles te rejeitaria, tenho certeza. Que tal te aproximares dos emissários papais?

– As duas donzelas? – rotulou Anastásio, imitando os emissários com um movimento dos punhos.

Ambos caíram no riso. Depois, novo silêncio pleno de erotismo. Por fim, Atanásio criou coragem e propôs:

– Tu poderias me ajudar nesta iniciação sexual?

Era a pergunta que o Mestre já esperava, embora não desejasse ter de respondê-la. Afetuoso, para não estender a ansiedade do jovem amigo, logo respondeu:

– Devo-te desculpas, amigo Atanásio. Este Concílio serviu para eu me aproximar mais de ti. Confesso que aprecio tua companhia, mas já passei da idade dessas... Não poderei ajudar-te nesse caso. Procura alguém mais jovem. Muitos bispos gostariam de ajudar-te.

Era um momento muito embaraçoso. Então o Mestre mudou de assunto para afastar o vexame que se estampava trêmulo na face do jovem.

– Caro Atanásio, tenho um pedido a fazer-te.

Imediatamente Atanásio se recompôs, pronto a ouvir o pedido do Mestre.

– Atanásio, tuas teses foram aprovadas sem resistência, e as minhas serão esquecidas. Ainda haverá amanhã a sessão de encerramento do Concílio e poderão surgir novos questionamentos. Quero que me prometas defender a permanência no livro de *Gênesis* dos versículos que demonstram a presença de extraterrestres ao lado do deus Javé, e que eles habitavam entre nós no passado. Isso não será difícil, a maioria dos bispos nunca prestou atenção a tais versículos e, se tu não os lembrares, nada dirão a respeito.

Habituado a refletir antes de concordar, Atanásio avaliou as consequências daquele pedido e, por fim, concordou.

– Farei o que me pedes, embora não entenda tua insistência nesse assunto. Posso saber por que fazes tanta questão de que isso permaneça na Bíblia?

– Não muitos séculos se passaram desde que os alienígenas viveram entre nós, e nos trouxeram muitos conhecimentos de que ainda hoje desfrutamos. Aos poucos foram sendo esquecidos devido a interesses políticos e religiosos. Quero que tais versículos permaneçam na Bíblia para que no futuro, quando os extraterrestres já tiverem sido olvidados, alguém preste atenção neles e busque saber das reais origens da humanidade.

– Devo confessar que eu, que negava completamente a existência de tais seres, depois de ouvi-lo falar a respeito, passei a refletir sobre o assunto. Fiquei curioso. Assim que voltar a Alexandria, prometo que vou frequentar a Biblioteca.

A frase de Atanásio foi mesmo uma surpresa para Árius, que não sabia que conseguiria mudar a rotina de alguém tão fanático. Sentiu-se mais próximo, mais íntimo do jovem Atanásio. Este, por sua vez, também percebeu que a proximidade entre eles se estreitava, e sorriu por dentro.

– Preciso te dizer outra coisa, caro Atanásio. Se eu insisto em que Jesus seja considerado apenas um homem, é para que os cristãos acreditem que podem imitar seus passos. Mas se ele for um deus... O povo precisa que ele seja um exemplo do que os homens podem alcançar. Nunca poderiam alcançar os dons de um Deus.

– Mas o povo prefere que Jesus seja um Deus, pergunta a eles.

– Parece que a humanidade tem um defeito original de sempre buscar o ventre materno através de sentimentos, emoções, crenças... Sentem falta de alguém que esteja cuidando deles 24 horas por dia, ou seja, um deus que, invisivelmente, cumpra o papel que as mães desempenham em nossa infância.

Naquela noite, em calorosa amizade, permaneceram a conversar até o sol encher o mundo de luz.

Na claridade do dia, Atanásio permaneceu só no alto da torre do bastião norte, de onde, melancólico, testemunhou os dois cavaleiros, Árius e Marcelus, deixarem Niceia sem escolta protetora, para uma longa viagem à cidade-fortaleza de Augusta Treverorum, onde ficariam exilados.

Antes de partir, porém, Árius foi informado oficialmente de que fora expulso da Igreja, de que todas as suas obras seriam queimadas e quem fosse encontrado com alguma delas seria severamente punido.

Depois de dois meses, o Concílio de Niceia terminou. Quase todas as decisões tiveram a mão do Imperador e seguiram seus objetivos. Constantino era mesmo um visionário, a religião que adotara para o Império sobreviveria por alguns milênios, mas ele nunca realmente admitiu que o cristianismo fosse sua religião. Só foi batizado pouco antes de receber a extrema-unção em seu leito de morte. Mesmo assim, foi santificado pela Igreja Católica. A mesma homenagem foi feita àqueles que se tornaram Santo Alexandre e Santo Atanásio.

Idoso, aos 80 anos, o Mestre Árius ainda liderava passeatas pela cidade, cantava, e o povo enaltecia suas ideias. Como não desistia da luta por suas convicções, foi assassinado a mando da Igreja Católica em 336 d.C. na cidade de Constantinopla, atual Istambul.

22. *Apêndice do autor*

Constantino
Documentos históricos revelam que, durante uma viagem a Roma, Constantino mandou matar seu próprio filho e sucessor, quando descobriu que fora traído pela esposa Minervina e que o filho não era realmente dele. Depois, afogaria sua segunda mulher, Fausta, em água sobreaquecida, por saber que ela também o traíra. Mandou estrangular o cunhado Licínio, que havia se rendido a ele em troca da vida e chicoteou até a morte o seu filho (e sobrinho de Constantino). Foi sucedido por seus três filhos com Fausta: Constantino II, Constante I e Constâncio II, os quais dividiram entre si a administração do Império até que, depois de uma série de lutas, Constâncio II eliminou os irmãos e declarou-se imperador único.

Cabeça de Constantino

O fato de Constantino ser um imperador de legitimidade duvidosa foi algo que sempre influiu nas suas preocupações religiosas e ideológicas: enquanto esteve diretamente ligado ao Imperador Maximiano, ele apresentou-se como o protegido de Hércules.

Ao romper com seu sogro e eliminá-lo, Constantino passou a colocar-se sob a proteção da divindade padroeira dos imperadores-soldados do século anterior, o deus Sol Invicto.

Constantino foi uma figura controversa já na sua época: o último imperador pagão, seu sobrinho Juliano, dizia que ele era atraído pelo dinheiro e que buscou, acima de tudo, enriquecer a si e seus partidários. Mas, como primeiro imperador cristão, Constantino foi reverenciado durante toda a Idade Média pela cristandade oriental. A Igreja Ortodoxa acabou por canonizá-lo. Só com o advento do Iluminismo seu legado começou a ser pesadamente criticado, e o historiador inglês Edward Gibbon, em seu clássico, *A história do declínio e queda do Império Romano*, o caracteriza como um general romano de velha cepa a quem o poder absoluto (e, por extensão, o cristianismo) havia convertido num déspota oriental.

O Imperador manipulou, pressionou e ameaçou os partícipes do Concílio de Niceia para garantir que votariam no que ele queria, e não em algum consenso a que os bispos chegassem. Na realidade, as decisões de Niceia foram fruto de uma minoria. O confessionário e o poder dos sacerdotes de perdoarem pecados só foram oficialmente instalados dois séculos mais tarde pelo Imperador Justiniano, também com fins políticos. Os padres eram os espiões do Império, que, através dos confessionários, ficava a par das atitudes dos cidadãos romanos.

A instituição do Espírito Santo redundou em interpolações e cortes de textos sagrados, para adaptar a Bíblia às decisões do conturbado Concílio. A concepção da Trindade, tão obscura, tão incompreensível, oferecia grande vantagem às pretensões da Igreja. Permitia-lhe fazer de Jesus Cristo um Deus. Conferia a Jesus um prestígio, uma autoridade, cujo esplendor recaía sobre a própria Igreja Católica e assegurava o seu poder, exatamente como fora planejado por Constantino.

Mas, depois de poucos anos, a facção arianista começou a recuperar o controle. Tornaram-se tão poderosos que Constantino os reabilitou e denunciou o grupo de Atanásio. Árius e os bispos que o apoiavam voltaram do exílio. Então, Atanásio é que foi banido. Quando Constantino morreu, seu filho restaurou a filosofia de Árius e condenou o grupo de Atanásio. Nos anos seguintes, a disputa política continuou, até que os arianistas abusaram de seu poder e foram derrubados. Constantino foi também o criador do Império Bizantino com sede em Constantinopla, hoje Istambul, antiga colônia grega chamada Bizâncio. Constantino faleceu em Nicomédia, atual Izmit, na Turquia, no dia 22 de maio de 337.

Deuses astronautas?
A origem extraterrestre do homem é uma tese que tem sido veiculada mais abertamente a partir da série cinematográfica *Eram os Deuses Astronautas?*, de Erich von Däniken, do final

Ruínas de Baalbec

dos anos 1960. Essa tese visou esclarecer mistérios até hoje inexplicáveis, como as enormes obras arquitetônicas milenares que só podem ser apreciadas inteiramente quando vistas do alto de aviões; as pirâmides que se repetem em distintos continentes com recursos não disponíveis à humanidade; Chichén Itzá e Palenque, no México; os Gigantes de Pedra da Ilha de Páscoa; os imensos templos de Baalbec, no Líbano, e muitas outras misteriosas manifestações concretas, difíceis de serem atribuídas ao labor humano.

Cidades

A arqueologia é uma ciência recente. Faz pouco mais de cem anos que começamos a descobrir antigas cidades. O que escondiam as areias do tempo? Em 1957, nas cavernas de Shanidar, no norte do Iraque, onde hoje se abriga o povo curdo, arqueólogos descobriram claros registros de habitação humana datados de mais de 100 mil anos atrás. Levando-se em consideração que nossa cultura atual conhece pouca coisa sobre os últimos sete milênios, podemos concluir que nossa civilização desconhece seu passado.

As escavações arqueológicas demonstraram um fato interessante. Novas cidades eram construídas usando como alicerce as ruínas das cidades anteriores, como aconteceu na construção de Constantinopla sobre as ruínas de

Descoberta de cidades enterradas

Bizâncio. O mais surpreendente é que, quanto mais fundo os exploradores cavavam, cidades com níveis civilizacionais mais

Tampa do Grande Túmulo em alto-relevo – Pakal – México

avançados eram encontradas embaixo. As de baixo eram mais evoluídas, como se a história evoluísse para trás, ou para o fundo.

A Biblioteca de Alexandria sofreu vários incêndios ao longo dos séculos, e o *Épico da Criação* que lá existia foi consumido pelo fogo. Porém, no século XX, foi encontrada uma cópia numa caverna do Iraque, antiga Babilônia.

Pesquisadores e turistas atentos ficam com a impressão de que tais obras não foram feitas pelos homens, nem para os homens. Observando algumas estátuas, inscrições e desenhos de antigos deuses, é inevitável a associação com astronautas. Eram desenhados dentro de veículos espaciais na mesma posição física dos atuais astronautas. Usavam estranhos capacetes com antenas e suas vestes eram "adornadas" com armas desconhecidas.

O "Deus Alado", uma obra esculpida na pedra em alto-relevo, encontrada em Palenque, nas ruínas maias da América Central, retrata claramente um astronauta dentro de uma cápsula, manipulando um painel de controle.

Na milenar cidade de Nippur, construída por Enki, ainda hoje existente a 150 quilômetros ao sul de Bagdá, arqueólogos descobriram no século passado uma biblioteca completa contendo cerca de 60 mil plaquetas de argila com escrituras em linguagem cuneiforme, descrevendo todos os aspectos da vida dos habitantes da Suméria. Os cientistas constataram – através da datação pela técnica do rádio carbono 14 – que tais plaquetas tinham sido escritas havia mais de dez mil anos. As diligências para se traduzirem tais plaquetas só alcançaram resultados confiáveis na segunda metade do século XX.

As mais recentes traduções dessas inscrições revelaram com clareza a intrigante versão da origem do homem e da História deste planeta. O *Épico da Criação*, o *Mito de Enki e Ninti*, a saga *Enki e a Ordem da Terra*, *O Livro Perdido de Enki* e muitas outras obras sumerianas podem ser encontradas em publicações

Alto-relevo sumeriano – Deuses Anunnaki

Plaquetas com linguagem cuneiforme

recentes, assim como traduções dos famosos hieróglifos egípcios que narram a construção das pirâmides e as batalhas entre os filhos de Enlil e Enki nas *Guerras das Pirâmides*.

Podemos duvidar da autenticidade das plaquetas da Suméria? Quem se daria ao trabalho de falsificar 60 mil plaquetas numa linguagem morta há milênios? Podemos também pensar que fossem obras de arte, alegorias, fruto da imaginação dos povos antigos. Mas como explicar que tais plaquetas falavam de Netuno, Urano e Plutão, que não são visíveis a olho nu e só foram descobertos nos séculos XIX e XX, quando aperfeiçoamos os telescópios?

Pelo que se depreende da leitura de seus textos, o conhecimento que os alienígenas tinham naquele tempo era superior ao que temos hoje em muitas áreas do saber. Existem desenhos sumerianos que não apenas mostram a existência de todos os planetas como também descrevem com exatidão suas características físicas, medidas e distâncias, dados que foram referendados pelas viagens da espaçonave Voyager no século XX.

Existem diversas publicações sobre os anunnaki que foram realizadas por arqueólogos. O mais importante deles é Zecharia Sitchin, o maior expoente na tradução dos textos sumerianos. Sitchin foi consultor da NASA, seus livros venderam milhões de cópias em todo o mundo, sendo traduzidos para mais de 25 idiomas, e podem ser encontrados no *site sitchin*. Seu trabalho está incluído nos programas de estudo de diversas universidades dos Estados Unidos e da Europa.

CRÉDITOS DAS IMAGENS

Página 12. *Em uma cidade medieval.* Autoria desconhecida. Impressão em cores sobre aquarela. Mural escolar. Série Kulturgeschichtliche Bilder Nr. 2, Kempen, Alemanha (Dr. teNeues & Co., por volta de 1960). Dortmund. © Museu da Escola da Westfalia.

Página 13. © Daniele Mancini Archeologia. Health Collection.

Página 18. © Renato de Carvalho Ferreira. Mapa do Império Bizantino em 1180.

Página 20. Detalhe de *A visão da cruz* (1520-1524), de Raphael Sanzio. Afresco, Palácio Apostólico, Cidade do Vaticano. © Museus do Vaticano.

Página 23. *Escultura dos lutadores.* Molde da estátua original agora em Florença. Fairmount Park, Centro de Horticultura, Filadélfia, Estados Unidos. © Smallbones.

Página 28. Clerck Espléndido. Gravura. Original, Amsterdam, 1621.

Página 34. Afresco do Concílio de Niceia, 325. © Capela Sistina, Vaticano.

Página 35. Castelo de Harlech, Gwynedd, País de Gales. © Oosoom.

Página 44. Relevo de Hórus no Templo de Edfu, Egito. © Dezalb, Pixabay.

Página 66. Retrato de Arius Alexandrinus. Gravura. © Rijksmuseum/Museu Nacional de Amsterdam.

Página 78. Cavaleiros retratados no bojo de uma hídria ática com figuras negras. Vulci, 510-500 a.C. Museu do Louvre. © Marie-Lan Nguyen/Museu do Louvre.

Página 81. *A visita à fazenda.* Pieter Brueghel, o jovem. Óleo sobre painel, 1611. Coleção particular.

Página 88. Israhel van Meckenem. Gravura de músicos. © Harris Brisbane Dick Fund, 1927.

Página 93. *Entre a esperança e o medo.* Sir Lawrence Alma Tadema, 1876. Óleo sobre tela. Coleção particular.

Página 96. *A besta do mar.* Coleção Tapeçaria do Apocalipse. Angers, França.

Página 102. Michelangelo. Representação de Adão e Eva expulsos do Jardim do Éden. Afresco, Capela Sistina, Vaticano, 1508-1512. © Andrew Graham-Dixon – Capela Sistina/Vaticano.

Página 106. © Museu Britânico.

Página 114. Teatro Odeão de Herodes Ático, antigo teatro na Acrópole de Atenas, Grécia. © caldeclara/Pixabay.

Página 122. Mosaico representando Jesus Cristo. © Didgeman/Pixabay.

Página 126. Ícone representando o Imperador Constantino e os bispos do Primeiro Concílio de Niceia segurando o Credo Niceno. Constantinopolitano de 381. Autoria desconhecida.

Página 135. Cabeça da colossal estátua de mármore de Constantino I, 313-324 d.C. Musei Capitolini, Palazzo dei Conservatori, da Basílica de Maxêncio, Roma. © Jean-Pol GRANDMONT.

Página 137. Ruínas do Templo de Júpiter. Francis Frith. Museu J. Paul Getty, Baalbec. © djedj/Pixabay.

Página 139. Ilustração da tampa da tumba de Pakal, no México.

Página 140. Detalhe de selo cilíndrico da coleção, 2300 a.C. © Museu Britânico.

Página 141. © mzmatuszewski0/Pixabay.

As imagens das páginas 40, 48, 54, 61, 86, 104, 105, 110 e 138 são de autoria desconhecida.

Este livro foi composto em Minion Pro 11pt e
impresso pela gráfica Viena em papel Pólen Bold 90 g/m².